忙しい合間の息抜きに海へ!
のんびりするはずが、
賑やかな住民が仲間入り!!
The exiled reincarnated duke wanted to take it easy on the frontier and work the fields
追放された転生公爵は、
辺境でのんびりと畑を耕したかった
~来るなというのに領民が沢山来るから内政無双をすることに~
4

異世界転生者
ヨシュア・ルーデル
元サラリーマンから
公国を統治する公爵に転生。
公国を追放された後、
肩書きを新たに辺境伯として
辺境の領地開拓を進めている。
「こ、これは……一体？」
アールヴ族
エイル
部族国家レーベンストックに住んでおり、
あるお願いのためヨシュアを訪ねて来た。

「これは飛行船です。
空を飛ぶ船なんですよ」

身の回りのお世話や護衛など有能なハウスキーパー

ヨシュアを追ってきた優秀な技術者や文官

さらに、中身は元日本人のペンギンや……

異世界転生者

元日本人で
宗次郎という名だった。
現在、領地の開拓を手伝っている。

獣型の魔獣
雷獣

常に帯電していることから、
電気を作るのに
協力してもらっている。

魔獣である雷獣も！

The exiled reincarnated duke wanted to take it easy on the frontier and work the fields.
追放された転生公爵は
辺境でのんびりと畑を耕したかった
〜来るなというのに領民が沢山来るから
内政無双をすることに〜
4
著 うみ
ill. あんべよしろう

口絵・本文イラスト
あんべよしろう

装丁
木村デザイン・ラボ

CONTENTS

プロローグ　のんびりできない日が続く

「ルーデル公爵。『公爵は君臨すれども統治せず』を目指すとおっしゃっておりましたが、そのお考えに変わりはありませんか？」

と聖女に問われ、「政治を神の下に戻す」という名目でルーデル公国から追放刑を受けた。

前世ではハードワークが祟って過労死した経験から、今世こそは「のんびり暮らしたい」と願っていた俺にとって追放刑は願ってもない話だったのだ。

意気揚々と追放先の辺境に向かい、さあて「畑でも耕すか」と思ったところ――。

俺を慕っていた公国の領民たちが大挙して押し寄せてきてしまう。

覚悟を決めこの地で生活基盤を整えようとしたのだったが、「不毛の地」という称号は伊達じゃなかった。

生活基盤となる「燃焼石」と「魔石」がまるでない。

そこで俺は新たな生活基盤を築くため「科学」と「魔法」を融合させ、ついに人工の「燃焼石」の製造に成功したのだった。

これで順調に進むと思った矢先に「綿毛病」と呼ばれる奇病が流行し、対策に追われる。

心強い仲間たちの協力があってこの難局を乗り越えることができた。

ずっと働き続けた自分へのご褒美も兼ねて鍛冶場に向かった俺であったが……。

鍛冶場周辺がこうも変わるとは、来た頃には想像もつかなかったよ。

水道橋ができて、川の向こうから連日資材が街へと運び込まれている。

運びやすくするために、車輪付きの荷台も改造したのだったよな。

アストロフィッツムの樹液結晶からゴムが生成でき、そのゴムを使ってノーパンクタイヤを作ったんだ。

ノーパンクタイヤは空気の入っていないゴムでできたタイヤで、オフィスで使う台車なんかの車輪はこれでできている。

台車との違いは、車軸が木製ってことかな。鉄がないわけじゃあないんだけど、いろんなところに使うし、木材の方が加工できる人手が多いことから木製になっている。

ゴムタイヤを履かせることで、作業効率がグンと上がったと聞く。

それに加え、街の中心部までの道も整えたので石で跳ねて荷台が倒れる心配もない。

「閣下、こちらです」

「うん」

シャルロッテにペンギンを抱っこしてもらい、鍛冶場を出て右手に進む。

綿毛病の時に使った隔離用の建物の向こうに、赤レンガでできた駅のような施設がある。

周囲から五十センチほど高くなるようにレンガを敷いただけなんだけど、動物が侵入しないように一メートルほどの高さがある柵も設置していた。

　そこには、クジラを模した横長の楕円といった形をした風船みたいなものの下部に、プレハブのようなものがくっついた乗り物が鎮座している。

　こいつは飛行船だ。そして、この赤レンガの施設は「発着台」ってわけだ。

　いずれ作ってみようと思っていたんだけど、思いのほか早く完成したんだよね。

　もちろん、この完成はガラムら職人たち、バルトロら素材集め班、ペンギンを始めとした研究チームの努力あってのものだ。

　俺もできる限りの協力をしてきた。

　膨らませて、いざ飛び立てるとなると感動もひとしおだよ！

「いざ見てみると、かなり巨大だな！　すげえ。みんなありがとうだよ、ほんと」

「私もこれほどの巨大な乗り物、見たことがありません！　閣下とペンギン師のお力あってこそです」

『ようやくテスト飛行までこぎつけたね。水素の抽出に時間がかからなければ、もう少し早く飛び立てたのだがね』

　足をパタパタと揺らしながら、ペンギンが冷静にそんなことを言ってのけるが、彼は彼でやはり興奮を抑えきれない様子だ。

　足のパタパタがとっても激しいから……。

　飛行船の前まで来ると、横並びになったルンベルクとエリーが上品な礼をする。

自分が設計から関わったからサイズは把握している。だけど、机上と実物は違う。

「やっぱ、すげえなこれ」

『全長八十メートル。全幅十五メートル。全高二十メートル。なかなかに壮観だね』

帝国の飛竜なんて比べ物にならないくらい大きい。

秘境にいると伝えられている古龍は超巨体らしいけど、飛行船と比べると小さく見えるんじゃないかな。

本当に古龍ってやつがいるのか分からないけどね！

「他のみんなはもう乗り込んでいるのかな？」

「左様でございます」

ルンベルクに尋ねると、すぐに答えが返ってきた。

「じゃあ、行こうか」

右手をあげ、開け放たれたままの飛行船の入口にある扉をくぐる。

第一章　領域の覇者

飛行船の中に入った。

すると、真っ先にかつてないほどの笑顔を見せ、はしゃいだ様子のバルトロが右手をあげこちらに駆けよってくるではないか。

「ヨシュア様。すげえなこれ！　こんな大きな船が浮くんだよな！」

「うん。浮く……はず」

「これもカガクってやつの力なのか。すげえな、カガク！」

「いや、設計思想は科学なのだけど、魔法と科学が半々ってところだな」

「そうなのか！　詳しいことはよく分からねえけど、呼んでくれてありがとうな！」

飛行船は５００キロくらいまでなら荷物を載せることができる計算である。

六〜八人乗りってところなので、誰（だれ）を呼ぶのか少し悩んだ。

「後でいい」と言ってくれた職人たちを省き、ハウスキーパーの四人、セコイア、シャルロッテ、ペンギン、俺に加え、素材集めに尽力してくれたガルーガも呼ぶことにした。

合計九人となるが、セコイアとペンギンはそう重たくないからこれでも限界重量に達していない。

「ヨシュア様。火の番は誰が行いましょうか？」

「今回、火は使わない。だけど、移動にはセコイアとシャルの力が必要だ。機関の操作はバルトロとルンベルク、ガルーガに頼んでいいか？」

「畏まりました。不肖ルンベルク。誠心誠意バルトロとガルーガ両名と共に任務に励みます」

ひざまずくルンベルクにそう伝え、窓枠に手をかけ狐耳をピコピコさせているセコイアへ目を向ける。

シャルロッテは俺の右隣でこくりと頷きを返す。

飛行船は水素ガスを使って浮き上がらせる。水素を入れるための空気室は二つ。申し訳程度にプロペラと呼ぶにはおこがましい風車を取り付けたのだけど、魔石パワーで動かしたところ何の役にも立たなかった。

そこで、シャルロッテとセコイアに協力してもらうことにしたんだ。

気球の時に二人がやってくれたように、飛行船も彼女らの風魔法で動かす。

いずれはプロペラを開発して……魔石の動力だけでちゃんと動くようにしたい。

さっきバルトロに言った通り、魔法の恩恵は非常に大きい。

直接動かす力も魔法だし、素材にも多数の魔力を使用しているのだから。

例えば、飛行船の風船みたいな部分。この素材はカエルの表皮とゴムを合成したものに魔力でコーティングを施している。

コーティングっていっても……ミスリルや魔石を作る時みたいに魔力を充填させた箱の中に入れておくだけだけどね。

こうすることで、強度が増し熱に強くなる。水素ガスは非常に燃えやすいから助かった。

動き始める飛行船に感じ入っていたら、嘴をパカパカ鳴らしたペンギンが声をかけてくる。

『飛行船そのものより、技術革新と言っていいのか、科学と魔法の融合によるノウハウが溜まったのが大きい』

「だな。特筆すべきは魔道具だよ」

『私もそう思う』

——ウオオオン。

汽笛のような音が鳴り響き、水素ガスの充填が済んだことを知らせた。

ティモタら魔道具職人の知恵もまた飛行船完成に大きく貢献している。

パーツごとに分け、電気で動く機関の代わりに魔道具を採用したのだ。数え上げればきりがないけど、飛行船の製作によって多大な収穫があった。

もちろん、飛行船そのものも「使える」んだけどね。

ゴゴゴと鈍い音がして、ついに飛行船がふわりと宙に浮きあがった。

「動いた！　動いたよー」

「こら、アルル。騒いじゃダメ」

窓に張り付いたアルルと、彼女を窘めるエリーの様子に目を細める。

「シャル、セコイア。高度が出たら頼む」

「任せておくがよい」

「お任せください！」

自信満々に胸を反らすセコイアとビシッと敬礼を返すシャルロッテ。

しかしまあ、よくぞ完成までこぎつけたものだ。

アルルの隣の窓を覗き込み、上へ上へと移っていく景色を眺める。

オラクルの街は本当に大きくなったよな。

シャルロッテの報告によると、既に人口が六千人を突破しているとのこと。

当初の市政計画では五千人規模くらいまで耐えられるものにしたのだけど、更なる拡大が必要になった。

この分だと、どこまで増えるか分からないので二万人規模にまで街の範囲を拡大しようと思っている。

といっても、この人数になるとさすがにオラクルの街単独で全てを賄うことは難しい。

その為、シャルロッテの故郷であるガーデルマン伯爵領との会談を予定しているのだ。

これに向け、シャルロッテといろんなことを詰めないといけないってのが今一番の課題である。

貨幣とか、通商のやり方とか……数え上げればきりがない……。

押し寄せる激務のことを想像し、はああと大きなため息をつく。

幸い、流入してくる領民は食糧を抱えて来てくれる人が多いこともあり、まだ何とか食糧は自給できている。

人が増えれば、その分狩りに出る人も増えるし、農業人口も格段に増加しているからな。

といっても、収穫までに時間がかかる。冬を迎えるまでに新たに植えた作物が収穫できる見込みなのが幸いだ。

「エリー。すごいね！　おうちがいっぱいだよ！」

「牧場も見えるわ」

「わあ。でも、もう小さくてどれがどの家畜さんか分からないね」

「農場も、空から見るとどれほど大きくなったか分かるわ。領民の方々がどれほど頑張られたか」

うるうると目を潤ませたエリーが感慨深げに街を見下ろしている。

一方でアルルは見えるもの見えるものに次々と興味が移っているようだった。

『私も見たいのだが、いいかね？』

「エリー。すまん。ペンギンさんを抱えていてもらえないか？」

「はい！　只今参ります」

ペンギンをまるでぬいぐるみのように軽々と胸に抱いたエリーが窓辺に立つ。

隣に来た彼女の横顔は長いまつ毛に真っ直ぐ整えられた前髪が相まって古風な日本人女性を彷彿とさせる。

「何か粗相がございましたか……」

俺の視線に気が付いたエリーがこちらに顔を向けた。

「ううん。いつもながら綺麗だなと思ってさ」

「はうう」

一糸乱れぬ真っ直ぐな前髪のことを褒めたつもりだったのだけど、触れたらいけないことだったかもしれない。

真っ赤(まっか)になったエリーがペンギンをぎゅうっと抱きしめてしまった。

こ、このままではペンギンがむぎゅうっと潰(つぶ)れてしまう。

「アルル。ペンギンさんを救い出すのだ」

「はい！」

アルルがつま先立ちになってエリーの首元へふうと息を吹きかける。

途端に彼女からへなあと力が抜け、ペンギンがエリーの手からすり抜けた。

そこをアルルが素早くキャッチしてペンギンを胸に抱く。

ふう、大事に至る前でよかった。

「まだ景色を見ていないのだが……」

「アルルが見せてあげるね」

「ありがたい」

ペンギンさん、あんた大物だよ。もう少し遅れていたら大怪我(おおけが)をしていたというのに。

しれっと公国語を使っているところも抜け目ない。本人はまだ苦手だと言っているけど、これまでのやり取りだってセコイアを通さなくても理解しているんじゃないかな。

おっと、二人の微笑(ほほえ)ましい様子を眺めている場合じゃない。

「エリー。すまん。変な意味で言ったんじゃないんだ」

「わ、私が綺麗などと……ヨシュア様ご自身のことをおっしゃったのですよね」

「俺はこうほら、身なりに気を遣っているわけじゃないし。いや、エリーが髪の毛を整えてくれたりしているから、それなりに整ってはいるけど」

「髪の毛……ですか」

「そうだな。明日にでも切ってもらえるか？」

「はい、喜んで！」

エリーの顔に笑顔が戻ってくれてホッと胸を撫でおろす。

そんなやり取りをしている間に目標高度に達した飛行船は、風魔法によってゆっくりと横に動き始める。

「この分ですと、鍛冶場まで大通りが延びる形になりそうですね」

「領民が二万人くらいになれば、だけど。え、あれ、シャル」

飛行船から窓の外を眺める俺の横にいつの間にかシャルロッテが立っていた。

あれ？　彼女は魔法の風を起こしに行ってくれていたのでは？

視線を動かしたら、狐耳と目が合う。

「なんじゃ。ボクを探しておったのか。恋しくなったのかのお」

「だあ。抱きつくんじゃねえ。って、セコイアまで」

「心配要らぬよ。どこから風を出せばいいのかさえ分かれば、目の前におらぬともな」

「そんなもんなのか」

「うむ。籠(かご)の中ならば問題ない」

「距離に制約はあるけどってやつか」

「ほれ、空に浮かぶ飛竜を想像してみよ」

「お、おう？」

「風の刃(やいば)を飛竜にぶつけバラバラに切り刻む。どうじゃ？」

ふふんと得意気に顎(あご)をあげて鼻を鳴らされても……。

そうだな。飛竜は飛んでいる。

対する狐耳のちびっ子野生児は地上に立ち。

あ、そうね。確かに。

彼女と哀れなターゲットの距離は十メートル以上ある。

そこから風の刃を飛ばすわけだから……離れていても大丈夫ってか。

「理屈は分かったけど、目視しなくても大丈夫なのか？」

「よくぞそこに気がついたの。本当は魔法のことを把握しとるんじゃろ？」

「……やっと分かった」

理屈は魔道具に供給される魔力と同じことだ。

風を持続させるために、魔力を注ぎ込み続けるだけってことだろ。

発動の時はちゃんと見てなきゃいけないけど、一度発動してしまうと止めない限りは再度見に行く必要はない。

魔道具が離れていても魔力さえ供給されれば動くことに似ている。機構が決まってさえいればばってことか。

ん、待てよ。

「魔石で代用しようとか考えているのかの？　答えは『できない』じゃ」

「な、なんで分かった……」

「愛じゃよ、愛」

「本人の魔力じゃあないと、ダメだってことだな」

「可愛げのない奴じゃ。理解が早くて面白味ってもんがないのお」

「どの口が……」

小さな牙を出し、腰に手を当て子供っぽく笑うセコイアは見た目通りの年齢に見えてしまう。

でも、彼女は一応賢者的なポジションらしい。理解力はペンギンと並ぶほどなので、納得だけどね。

彼女並のペンギンが何者なんだって話なんだけど、彼は口調からして元研究者とか大学の教授とかだったんじゃないかな。

データ分析、予測、深い専門知識と広く浅くの豊富な知識、そして旺盛な好奇心。

ペンギンじゃなく、人間の姿だったならもっと自由に動けただろうに。今だと物を掴むのも大変そうだものな。

「姿を変える魔法ってないのかな？」

「ずるをしようとせず、素直に体を鍛えたらどうなのじゃ？　宗次郎さえ持ち上げることができないとは情けない」

「も、持ち上がるって！」

「なら抱き上げてみせよ」

「今はアルルと戯れているんだから、邪魔したら悪い」

全く、失礼な。

じーっと外を見つめるペンギンとはしゃぐアルルに和む。

こんなに楽しそうにしているってのに、セコイアはなんて酷いことを言うんだ。

「姿を変える魔法と一口に言っても、いろいろあるのじゃ。キミにボクが龍の姿になったように見せるとしよう」

「うん」

「キミの目にだけ映ればよいのなら、幻影でもいいわけじゃ。それならば容易い。しかし、実物を伴った龍の姿となると難しい」

「こう、着ぐるみみたいに魔力で張りぼてを作る感じならいけるんじゃないのかな？」

「そうじゃが、相当な魔力を消費する。真の意味で龍に姿を変えることは不可能じゃ」

「そっかあ」

残念だ。

うーん、どうしたものかな。

腕を組み、外を眺めながら顎をあげる。

するとと、察した様子でセコイアがふんふんと鼻を鳴らす。

「そういうことか。宗次郎のことを慮ったのじゃな」

「何か掴むにも不便そうだったからさ」

「そうじゃの……何かよい手がないか考えてみるかの」

「俺も魔道具で何とかできないか、ティモタやトーレに相談してみるよ」

魔道具でペンギンの手の代わりになるもの……マジックハンドみたいな物しか想像ができない。

自分の貧困な想像力にため息が出るが、マジックハンドを装備したペンギンの姿が浮かび笑いそうになった。

セコイアは真剣に考えてくれているというのに、俺って何て酷い奴なんだ。

「何か思いついたのかの？」

「いや、いいものは浮かばないな」

「ほれ、人の指の形をした手袋みたいなのはどうじゃ？」

「フリッパーに装着したら、動かせる感じかな」

「そうじゃや。フリッパーの形が木の葉みたいじゃからのお。中々に困難かもしれん」

「その方向で考えてみようか」

「うむ。手先だけになるがの。それでも今よりは作業がしやすくなるはずじゃ」

よい案だと思う。

だけど、手袋を装備したペンギンの姿を想像すると……や、やはり笑いが堪えられん。にやついているのを誤魔化すため、窓に張り付くようにして外を眺める。

飛行船はルビコン川からゆっくりと南に進んでいた。

既に屋敷の上空を通り過ぎ、街も通り抜けている。

「閣下。どちらまで向かわれるのでしょうか？　引き返しますか？」

「せっかくだからこのまま南へ進んでみよう。ひょっとしたら海を拝めるかもしれない」

「速度をあげますか？」

「む。すまん。魔力のことを考えてなかった」

「それなら心配ありません。自分でも二時間はいけます。閣下が準備してくださったマジックポーションを飲めば無限にいけそうです」

「そ、それはちょっと……」

どんと胸を張るシャルロッテに対し、たらりと冷や汗が流れ落ちた。

彼女なら「問題ありません。閣下」と言いながらそのまま真後ろに倒れてしまいそうなんだもの。

「小娘の心配ばかりして。ボクのことも心配せんか」

「いや、セコイアは眠気に負けるまでいけるだろ？」

魔力密度99のセコイアの何を心配しろと。

少なくともシャルロッテが大丈夫なら、セコイアは余裕だろうし。

「見ておれ。ぐんぐん速度をあげてやるからのお！」

「ちょっと待て。ペンギンさん！」

『どうしたのかね？』

呼びかけるとアルルがくるりと振り返り、ペンギンを上に掲げる。

たかーいたかーいじゃないいんだから……。

ペンギンが素の声なのがまたツボにくるったらなんの。

「飛行船の耐久力が心配でさ。確か、初期の飛行船って時速50～80キロくらいだったっけ」

『この飛行船ならば、２００キロで航行しても問題ない計算だよ。様子がおかしいと感じたらすぐに速度を落とせばどうだい？』

「そうしてみるか」

話が終わると、アルルがペンギンを胸の高さまで戻す。

「しばし待っておれ。風の魔法をかけなおしてくるからの」

「セコイア様。私も参ります」

「うむ。ついてまいれ」

「はい！」

ふんふんと尻尾(しっぽ)を左右にふりふりさせるセコイアにシャルロッテが続く。

「うお！」

間もなくグンと速度があがり、つんのめった。

お、おいおい。

どんだけ速度をあげるんだよ！

速度計なんてものは無いし、現在時速何キロか分からん。流れゆく景色だけで速度を測るなんて器用な真似はできないし。

「すごーい。はやいね！」

きゃっきゃとはしゃぐアルルに和んでいる場合じゃない。

『現在目測だが、時速１５０から１８０キロくらいだね』

「分かるの？」

『だいたいだがね。あの山の動きからだいたい判断しているに過ぎない』

「俺にはさっぱり分からないや」

『そろそろ、一旦速度を維持した方がよさそうだ。セコイアくん』

ペンギンが脳内会話でセコイアに呼び掛ける。

これ、放置していたら際限なく速度があがっていたんだろうか。

ぞっとしてブルリと肩を震わせる俺であった。

街の南側は荒涼として草木が殆どない赤茶けた大地が広がっている。
地平線の向こうまで荒地だったのだけど、大きな湖を境に大森林地帯へと様相を変えた。

森林地帯の東側には山脈があって、更に南へ進むと大森林も山脈に変わる。

気が付けば空に飛び立ってから三時間……いや四時間近く経過していた。

「お、おおお！」

思わず声をあげる。

山間部を抜けた途端、大草原が広がり地平線の向こうに――海が見えたんだ！

「ヨシュア様？　いかがなされました？」

俺の叫び声にエリーがきょとんと首をかしげる。

「海だ。海が見えたんだよ。大陸の南端まで到達したってことさ」

「あの大きな湖が海なのですか？」

「ひょっとしたら巨大な湖かもしれないけど、もう少ししたら分かるさ」

「楽しみです。海とはどのようなものなのでしょうか」

「広い、どこまで行っても広がる湖みたいな……うーん。いざ、どのようなものかと言われると難しいな」

俺の説明にいつの間にかシャルロッテとアルルが聞き入っていた。

セコイアとペンギンは俺がどんな説明を続けるのか興味深そうに見守っている始末……。

「な、なあに。見れば分かるさ。うん！」

「楽しみです！」

頭の後ろに手をやり、たははと笑って誤魔化す。

やはり、地平線の向こうにあったのは海だった。

長く長く延びる海岸線を物色し、入り江に砂浜があったのでここに立ち寄ることにしたんだ。

ゆっくりと飛行船の高度を下げ、無事着陸する。

「んー」

タラップの最後の一段を降り砂を踏みしめ、ぐぐぐーっと思いっきり伸びをした。

快適な旅だったけど、乗り物から降りると伸びってしたくならない？　俺だけかも……。

先に降りたバルトロとアルルがこちらに向け手を振る。

彼らは俺の安全を確保するため、先に降りてくれたのだ。中は中で、突然の襲撃がきても対応できるようルンベルクとセコイアがガッチリと俺を両側から固めていたという。

そして今も、俺一人で降りてきたわけじゃあない。

俺にぴったりと張り付くようにセコイアが真後ろにいる。

何だか、腰の辺りが湿っているような気がするのだけど……かじりついてないだろうな？

「こらああ！　護衛なんじゃないのかよ！」

「ちゃんと護衛しておるわ。失礼な」

「ガッチリと俺に張り付いて護衛もないだろうに」

「こ、これはじゃな。魔法じゃよ。魔法。密着させていないと魔法の効果がヨシュアにも及ばぬからの」

「……そういうことにしておこう」

やっぱり涎(よだれ)だったか。

しかし、セコイアのお茶目ないたずらのこともすぐに吹き飛んでしまう。

だってほら。

――ザザー、ザザー。

心地よい波の音が耳に届いたから。

この世界で初めて見る海だ。波の音は地球と変わらないのだな。

こっちの海もしょっぱいのかなあ。

ワクワクしつつ数歩踏み出したところで、後ろから声がかかる。

この声はルンベルクだな。

「ヨシュア様。シャルロッテ様と共にお食事の準備をいたします。しばらくの間、景色をお楽しみいただければ幸いです」

「ありがとう。ずっと機関室を見ててくれたのに、助かるよ」

「そうおっしゃっていただけるのがこのルンベルク、何よりの幸せにございます」

ビシッと右腕を横にして、会釈をする彼はどこにいても変わらない。

どこにいても変わらない彼を見ていると、ホッとする。妙な安心感を覚えるというか、そんな感じだ。

シャルロッテにも食事の準備を手伝ってもらうことになったのだけど、彼女はまだ飛行船の中にいるようだな。

当たり前だけど、みんながみんなそれぞれ個性を持っていて、誰が欠けてもその人の代わりなんていない。

……変なことを考えてしまいつつも、自然と波打ち際まで歩いていた。

「先に私が毒見をいたします！」

「しょっぱいー」

くわっと目を見開きスカートをたくし上げしゃがもうとするエリー。

しかし彼女のすぐ隣で、アルルが手で海の水をすくいペロリと舐めていた。

眉をひそめ、膝を少し曲げたまま固まってしまうエリーだったが、ポンと彼女の肩を叩くとそのまましゃがみ込む。

「どうだ？　エリー」

「は、はい。とても塩辛いです」

「んじゃ俺も」

指先に海水をつけ、ペロリと舐めてみる。

うーん。地球の海水との違いは分からないけど、確かに塩辛い。

ちょうどその時、ペンギンが波打ち際でフリッパーをパタパタさせ、何故か嘴までパカパカさせていた。

あのパカパカは興奮した時に見せるものだけど、異世界初めての海に本能がうずいたのだろうか？

『ヨシュアくん！　波だよ、波！　見た所、地球とさほど変わらない』

「うん。塩水ってのも地球の海と変わらなそうだよ」

『海水を採取して分析してみよう。あと、君の能力で紅藻類を調べてくれないかね？』

「寒天の元だな。それは俺も探してみようと思っていたよ」

『せっかくの海だ。採れる素材は採っておきたいものだね。それはそうと、波だよ、波』

何、このループ……。

そんなに激しくフリッパーを振り回すほどのものなのかな。

波が起こる原因となるのは風と海水の動きである。

この世界が惑星なのか不明だけど、少なくとも大地が球体なことは誰しもが知っていた。

太陽の動きから自転していることも自明の理だし、となると風が一定方向に吹き続ける。なので、波ができる。

もう一つの原因は引力だ。引力によって波の満ち引きがあるだけなのだけど……夜になると月が出ていることから地球と似た感じなんじゃないかなと予想がつく。

ペンギンがそれを分からぬはずはないのだけど……。

「波の動きってそんなに興奮するほどのことかな？」

『そうだとも。考えてみたまえ。この惑星には月と太陽もある。結果、地球と同じような波が起こるのだ』

「う、うん」

『しかし、ヨシュアくん。この世界の物理法則には、魔力が関わってくるだろう。それにもかかわらず、波が地球と同じように見えるのだよ！』

「お、おう……」

言われてみると確かに不思議ではある。

局地的に魔力の力でおかしな海流とか津波が生まれているのかもしれないけど……。

学者気質じゃない俺には、「ふうん」くらいにしか思えないんだよな。

「何じゃ、海の動きを変えたいのかの？」

「どっから出て来てんだよ！」

「キミの肩から顔を出しているだけじゃが？」

「……涎はよしてくれよ」

「……もう遅いのじゃ。それはともかく、やるのか？」

「いや、別に……あ、そうだ。竜巻みたいなのって起こせるんだっけ？」

「任せておけい」

べったりと俺の肩を汚したセコイアがひょいっと背中から降りて、杖を構える。

「風の精霊シルフよ」

セコイアが杖を振ると、みるみるうちに風が強くなり、海水を巻き込みながら渦になっていく。

「ま、待て……」

竜巻の半径が十メートルくらいあるじゃねえか。

規模が大き過ぎるだろ！

「どええええ！」

「わー。おさかなさん！」

ドバシャーン！

竜巻が上空五十メートルくらいまで巻き上がり、海水を巻き込んで砂浜に落ちる。

海水が引いた後には魚がびたんびたんと何匹も跳ねていた。

幸い水しぶきがかかった程度だったけど、未だにドキドキが収まらん。


「お、ペンギンさん、見つけたぞ。これだこれ。エリー」

「只今！」

この際だ。丁度良くセコイアが大量の海水と共にいろいろ巻き上げてくれたから寒天の元になる海藻類、紅藻類があるかどうか物色してしまおう。

お、あるわあるわー。やったー。

そんなわけで、俺の指示に従い、籠を持ったエリーが赤い藻を拾い集めてくれる。

アルルはアルルでピチピチ跳ねる魚を壺型の籠に放り込んでいた。

『紅藻類といっても全てが寒天の材料になるわけではないのだね』

「うん。厄介なことに同じような見た目だから、いちいち植物鑑定をしないと判別がつかないなあこれ」

『分かるだけでも革新的なことだよ。要は紅藻類を片っ端から手分けして集め、君に鑑定してもらえばいいことだ。幸い、打ちあがった中に寒天の元になりうるものが含まれていたわけだ』

「うんうん」

探し回っても寒天の元になる素材が無い可能性もあるんだものな。

エリーと共に赤い藻を拾い上げようとしたペンギンに向け小さく首を横に振る。

適材適所。彼が物を拾うことは……可愛いだけでちょっと、なのだよ。

「ヨシュア様！」

「ぐふふ」とペンギンの姿に頬を緩めていたら、突然アルルが前から俺に抱き着いてきた。

勢いが良過ぎたため、そのままペタンと尻餅をつく。一方で彼女もそのまま俺に覆いかぶさるような形になる。

「これは中々……」

セコイアの右脚が俺の頬にくっつきそうだ。

いつの間にこんな近くまでやってきたんだろう。

いつもの彼女ならこの流れに乗っかって「ボクもー」とか言ってくるところなんだけど、少し様相が異なる。

小さな腕を組み「ふふん」と得意気に八重歯が口の端から出ているではないか。尻尾もピンと立っていることから、彼女の意識は俺に向かっていなそうだ。

「こいつはまた、中々なもんだな」

「バルトロ、ガルーガ」

二人とも息は切らせていないが、ドスドスと響くガルーガの足音から彼らが走ってきたことが分かる。

砂浜に座る俺の真ん前にガルーガが、その隣にバルトロが回り込んできた。

「ヨシュア殿。オレにはまだ何が来るのかを感じ取れん。だが、これでもオレは一応元Ｓランク冒険者。矜持(きょうじ)にかけてあなたを護(まも)る」

「え、一体何が起こってんだ？」

俺に背を向けたガルーガが、二メートルもあろうかというハルバードを構え前方を睨(にら)みつけた。

彼の丸太のような腕にかなり力が入っているのが見てとれる。

一方でバルトロはいつもの調子で腰からさげた剣の柄(つか)を指先でトントンと叩いていた。

「ボクだけで良いというに。エリーはヨシュアにスカートの中身でも見せておれ」

「は、はいい」

真っ赤(まか)になったエリーが俺の頭を挟んでセコイアと反対側に立つものの、真っ赤になってそれ以上動けないでいる。

「こら、セコイア。変なこと言うもんじゃない。一体何が起こるってんだよ！」

「こ、こいつは……ルンベルク殿も呼ばれた方がいいんじゃないのか」

「いんやー。俺だけ……なんてヨシュア様の前で危ないことは言わねえ。でも、な」

セコイアに苦言を呈する俺の言葉を遮るように驚愕した様子でガルーガがワナワナと呟く。

しかし、バルトロが彼の肩をポンと叩きセコイアに向け片目を閉じる。

「そういうことじゃ。ヨシュアは怖がりじゃからの。ボクのを見せてやりたいところじゃが、エリーで我慢しておれい」

「だから。何でそうなるんだよ！　普通に景色を見てればい……う、な、何だこれは！」

鈍い俺でも真後ろに立たれたら、人の気配を感じる。

だけど、この気配……まだ姿が見えていないってのに「俺はここにいるぞ」と分かるんだ。

こんな感覚初めてで、恐怖や驚きより戸惑いが強い。

アルルはこの気配をいち早く感じ取って俺に覆いかぶさってきたのか。彼女は今もまだ俺の胸に両手を乗せじーっとこちらを見つめている。

でも残念ながら、ガルーガのように「強者の気配」ってのは俺にはとんと分からない。

そもそも気配を感じること自体、これが初めてなのだから。

「わ、私は別に、い、嫌ではありません！　で、ですが、ヨシュア様の気分がよろしくならないのでは、と」

エリーがふるふると首を振り、恥ずかしそうに何やら言っているけど、俺の耳には届いていない。

一体何が起こるんだって気持ちが強く、上の空になっているからだ。

「そろそろ来るぞ。なあにボクがいるのじゃ。安心せよ」

セコイアがその場でぴょんと跳ね短いスカートを揺らす。サービスのつもりなのかもしれないけど、残念ながら見ようとも思わん。

そんなもので気持ちが横に逸れるわけないだろ！

でも、彼女なりの気遣いなのだと思いなおす。

すると不思議なことに少しだけざわついた気持ちが落ち着いてきたんだ。

しかし、次の瞬間――。

空気が震える。ビリビリ、ビリビリと。

物理的に何かに押さえつけられるような、とでも言えばいいのか。

来る！

俺の目には一瞬で空中に現れたように見えた。

恐らく目では捉えられぬほどの速度で動き、ピタッと空で停止したのだろう。

その割にはソニックブームが発生していない。謎だ。ひょっとしたら、物語にあるような転移魔法でひとっ飛びしてきたのかも？

その圧倒的な存在は、神々しいまでの金色のたてがみを備えた龍だった。

全長およそ十二メートルほどの巨体。

メタリックブルーの鱗に翼竜のような翼を持つ。大きな口からは鋭い牙がのぞき、額から一本の角が生えていた。

四肢は短いが、指先に鋭いかぎ爪を備えていて、軽く引っかかれるだけでもただじゃあ済まなそうだ。

なるほど。これは俺じゃあどうにもできないな。

雷獣も凄く強そうな魔獣だと思ったけど、メタリックブルーの龍と比較すると大人と子供以上の開きがある。

『我が領域を可笑しな物が通ったかと思ったら、妖狐、お主の仕業か』

岩と岩の隙間をびゅうっと風が吹き抜けるような音と共に、頭の中に直接声が響いてきた。

こんな神々しいまでの気配を持つ龍に対し、セコイアはいつもの自然体で腕を組んだまま口を開く。

「ボクではない。覇王龍『リンドヴルム』よ」

『てっきりお主のいつものいたずらかと思ったぞ。もはや、「やるな」とは言わん。せめて事前に伝えよと苦言を呈しにきたわけだが』

「そういえば、そんなことを言っておったな。じゃが、先ほども言った通り、ボクではない。ボクは付き添っただけじゃ。じゃからして、『事前通告』は知らぬ話じゃろ？」

『忘れておっただけだろうに。相変わらず口の減らぬ娘だ』

あれ？　お知り合いなの？

なあんだ。近くにきたからご挨拶にきたってだけかあ。驚かせるなよ。ほんとにもう。

「セコイア、知っていたなら教えてくれたってよかったのに。前に言ったことがあったろ、辺境に『先住者』がいるなら挨拶しないとって」

「こやつには必要ないと判断しておったのじゃ。キミが言う『先住者』とは土地を争う可能性のあ

る者たちじゃろ。こやつは深い山の奥に引きこもっておるだけじゃからな。生存圏が被らぬよ」

アルルの両肩を掴み、乗りかかったままの彼女を降ろす。

続いて勢いよく立ち上がり、セコイアの髪の毛を軽く引っ張った。

「ちょ、ちょっと、セコイア」

「なんじゃ。こんな時にでも欲情しおってからに。別に構わんぞ！」

「だあああ。そういうことじゃあないって。こらあ、涎をつけるな」

思いっきり力を入れてセコイアをひっぺがす。

肩で息をしつつ、そおおっと覇王龍「リンドヴルム」とやらにチラリと目をやる。

『ほう。お主……』

うはあ。見るんじゃなかった。覇王龍の興味が俺に移ってしまった。

このままセコイアと無難に会話して立ち去ってくれることを期待していたのに。

どうしよう。

困った俺は縋るようにセコイアへ視線を送る。

「こやつはヨシュア。お主の言うところの『可笑しな物』の建造を指揮した者じゃ。ボクが今最も寵愛してやまない者でもある」

『妖狐。お主がこの小僧に注目するか。お主は変わったものが好きだからな。儂にはとんと分からぬよ』

「何を言うか。ヨシュアは比類なき者じゃ」

『ふうむ。確かに比類なき……ことではあるのか』

セコイア。頼むから持ち上げるのをやめてくれ！

覇王龍の興味を俺から逸らして欲しいってのに。

奴がこちらに目を向けるだけで、どくどくと心臓が鳴る。手からじんわりと汗もにじんできた。

「ヨシュア様。安心してくれ。万が一の時は、俺が……斬る」

にかーっと白い歯を見せて片目をつぶるバルトロが、親指を立てる。

護ってくれるのは嬉しいし頼もしい。

こんな相手にセコイアはともかく、他がどうこうできるとは思えないし、俺はなるべくなら平和的に事を運びたい。

言葉が通じ、会話が成立する相手なんだ。譲れない物があるなら別だけど、あえて敵対する必要はないだろうに。

『人の子の勇者よ。儂は争う気でここに来たわけではない。もっとも、儂をここで討伐するつもりであるならば……』

「俺だってそうさ。だが、ヨシュア様に手を出そうってんなら、叩き斬るまでだ」

『勇者よ。お主ほどの傑物が。それに……他の者も、妖狐まで、この男にそこまでの価値を見出しているのか』

「何当たり前のこと言ってんだ？　ヨシュア様の盾になるために、俺はここにいる。たとえ、ここにいるのが俺とあんた。それにヨシュア様だけだったとしても、俺はあんたと戦うぜ」

『カカカカ。それほどか。それほどまでなのか、この男。セコイアならば、価値を見出すであろうことは、有り得ない話ではない。だが、人の子ら。お主らも同じとはな』

バルトロ！　煽らないでくれええ。

彼が本心から、「自分の命に代えてでも」と言ってくれることに胸がじーんとしてしまったけど、覇王龍の笑い声が腹の底から響き、それどころじゃなくなってしまった。

「セコイア、バルトロ。ありがとう。俺は覇王龍『リンドヴルム』と争う気なんてこれっぽっちもない。それだけは、先に言わせてくれ」

『真なのだな。人の子……ヨシュアと言ったか。お主の声を聞いた他の者全ての意識がお主に向いている』

心底驚いたのか、覇王龍は翼をばっさばっさと震わせる。

それだけで物凄い風が吹いて、女性陣のスカートがめくれそうになった。エリーはちゃんと太ももの辺りを両手でおさえてバッチリガードしている。

アルルとセコイアは風に吹かれるがままだ……ちょっとは隠そうな。俺に対しては気にしないのかもしれないけど、バルトロもガルーガもいるのだから。

「今日は黒じゃない」

アルルが唇に人差し指をあて何やらのたまっているが、俺には何も聞こえていないことにしよう。

緊張感のないメンバーだな……俺一人だけ覇王龍におののいているように思えてくる。

実際問題、この場にいる仲間たちのことが少し心配になってきた。

覇王龍は間違いなく、絶対王者の風格を備えている。戦闘の心得の無い俺でさえ感じ取れるプレッシャーに加え、笑うだけでも物理的な風圧となって返ってくるんだぞ。

そんな中、黒じゃなかった狐耳が顎(あご)をあげ覇王龍に向け鼻を鳴らす。

「何を当たり前のことを」

『確かに、ヨシュアは特殊だ。だが、お主はともかく、勇者も含め、戦士も他の者もあやつに心底従っているように思えた』

「そうじゃの。まあ、ボクの愛してやまないヨシュアじゃからのお。誰からも求婚されて当然じゃ。まあ、ボクのものになる予定じゃがな」

『そろそろ、本質を突(つ)かぬ問答は止(や)めだ。ヨシュアは儂が見てきた中で、最も脆弱(ぜいじゃく)。こやつほど魔力の薄い者を見たことが無い。特殊性故、お主が興味を惹(ひ)かれたのだと思ったが……』

「違うと分かったじゃろ？　ヨシュアの首から下は役立たずじゃ。人並みにも動けやせん。じゃが、首から上は至高の領域にある。お主も見たじゃろう。可笑しな物――空飛ぶ船を」

『あれを作ったとなれば、それなりに敬意に値するものなのだろうな。人の世とはそのようなものだ。己の強さ以外にも尊敬される要素があるのだろうて』

「人の世に興味を示さぬお主らしい。帰りも通る。お主の領域に降り立つことはせぬ。告知はしたぞ。これでよいじゃろ？」

『都合のよさは変わらぬな。妖狐。変わらぬお主が惹かれたのがただの人間とは』

「ただの人間ではない。さっきも言ったろうに。至高の域に到達せし者じゃ。人間だろうが獣人だろうが、関係ない」

　ふう。どうにか話がまとまりそうだな。

　覇王龍に敵意はなかった。旧知の間柄だったらしいセコイアがいてくれて助かったよ。

　つんつんと肘（ひじ）でセコイアをつっつき、彼女の耳元で囁（ささや）く。

「もう帰ってもいい雰囲気かな？」

「素材を集めるとか言っておらんかったか？」

「そうなんだけど、お帰りくださいって感じだろ？」

「キミのことだ。またここへ来ようと思っておるじゃろ？」

「もちろん。次にここへ来る時は迂回（うかい）して行けばいい。次はちゃんと方位磁石も持ってくるから」

「揺れの激しい船内で方位磁石かの」

「羅針盤にすりゃいいだけだ。問題ない」

「またカガクかのお！　興味深い！」

「それは後だ。とりあえず、俺たちが覇王龍の領域を侵犯したのは確かだ。知らなかったとは言え、世が世なら領域侵犯は重罪だからな。おとがめなしならとっとと帰ろう」

「全く、本当に争うことを毛嫌いするのじゃな。そこがまた、好ましくはある」

「だあぁ。寄るな。こんな時に寄ってくるんじゃないって。バルトロたちが真剣に俺を護ってくれているというのに」

「ボクだって真剣に護っておる。キミが気づかぬだけじゃ」

そうだったのか。といっても、セコイアを引っぺがすことには変わりない。

それはそうと、セコイアが羅針盤のことを知らなかったことに驚きだ。自分の専門外だからと言えばそれまでなんだけど、彼女は知的好奇心が非常に強い。

船に乗ることがなくとも、船にどんなものが取り付けられているのかってことくらいは調べてるのかと思っていた。

公国は交易船だって持っているんだぞ。

それらの船には羅針盤が標準装備されているのだ。

『ふむ。儂の関知せぬ分野で神の域に到達した者か。よいだろう。我が領域を自由に通過するがよい。踏み入ることも許可しよう』

「え？」

覇王龍からの思わぬ提案にすっとんきょうな声が出た。

突然何を言い出すんだ、こいつ……。だけど、とっても嫌な予感がするんだ。

たらりと額から冷や汗が流れ落ちる。

『儂も妖狐のようにお主を観察させてもらおうか』

「え……」

素の顔に戻ってしまったわ！

いやいや待って。笑うだけで今みたいに風圧で髪の毛がえらいことになるような巨体を街に置いておくことなんて、無理だろ。

俺の反応を見て楽しんでいるのか、覇王龍は『カカカ』と愉快そうに笑い続ける。

『冗談だ。儂は領域から離れるわけにはいかぬ。だが、お主のこと、少しは分かったつもりだ』

「うん？」

『儂には人間の表情が分からぬ。しかし、感情の色を感じ取ることができるのだ。それは、どのような言葉を連ねるより、明白にその者のことを映し出す』

「反応を見て楽しんでいたのか」

『それがないと言えば嘘になるが、本質はそこではない。お主、本気で悩んでいたな。厄介者の儂を受け入れた時のことを』

「そらそうだよ。その巨体だ。街にいてもらうにもいろいろ大変だろ」

俺の返答に覇王龍は角から紫色の光まで溢れさせ、翼を震わせた。

『それだ。ヨシュア。お主は拒否しなかった。本気で儂を受け入れ、その上でどうすべきか悩んだ。そこが興味深い』

「行くと言われて、ハナからお断りだ、はないだろうに」

自分で言っておいて……本当にもう。

いつしか俺は、先程までの覇王龍からビリビリときていたプレッシャーのことも気にならなくなっていた。

現金なもので、腕を組んで覇王龍に向けたため息までついてしまう始末の俺。

『儂に怖れを抱いておったろうに。お主にとっては人も龍も妖狐も全て同様なのだろうな。同列に扱われること、存外、悪くはないものなのだな』

「誰だって同じだ。個性や種族差はある。だけど、みんな話せば通じるし、仲間になれると信じている。とても甘い考えだとは分かっているけどね」

言葉を尽くすことで、理解し合えないまでも争いを避けることはできるかもしれない。

俺はセコイアの言う通り貧弱で、一人だとイノシシを仕留めることもできないだろう。

だけど、みんなと同じように考える頭がある。言葉がある。

俺にはこれしかないんだ。だから、できうる限り使おう。

誰もが自分ができることを精一杯やればいい。残念だけど、俺には力仕事は向かない。

だけどそれでいいんだ。それが俺なのだから。

『ほう。弱き故の強さか、興味深い。儂の眷属を置いてもらえぬか。なあに、一体だけだ。邪魔にはならん大きさだ』

「それなら構わないけど、迎えに行けばいいのかな?」

『しばし待っておれ』

そう言って翼をピンと張った覇王龍だったのだが、もう姿が見えなくなってしまった。

「ふう……」

「ヨシュア様。何もお役に立てず、申し訳ありません」

ほっと一息つくや、深々とエリーが頭を下げる。

彼女が役に立つとか立たないとか、そんな場面自体無かったと思うのだけど……。

あの巨体にお茶を淹れるなんてこともできやしないし。メイドの彼女が仕事をするシーンが思い浮かばない。

「それぞれ適材適所だって。エリー。紅藻を集める続きをしよう。来るまでしばらくかかるだろうし」

「はい！　ヨシュア様はとてもお優しいです……」

「いやあもう、最初は膝が笑って、よく立ち上がれたもんだよ。エリーはずっと立っていたじゃないか、十分すごいって」

ボリボリと後頭部をかき、たははと苦笑する。

それにつられてかエリーもはにかみ、くすりと小さく声を出して笑う。

『エリーくん。私もぼーっと突っ立っていただけだよ』

フリッパーを伸ばし先っぽをプルプルさせたペンギンが、それを元の位置に戻す。

きっと彼はエリーの肩をポンと叩きたかったのだろうな。つま先立ちになって頑張っていたみたいだけど、届くわけがないって……。

「よおっし、いろいろ採集して積み込もうぜ。ご飯もまだだしさ」

「はい！」

セコイアやバルトロたちにも手伝ってもらい、海水やら砂浜の砂やら思いつく限りのものを少しずつサンプル採取する。

一通り採集し終わる頃、いい匂いが漂ってきてお腹が悲鳴をあげた。

どうやら食事の準備が整ったようだ。ルンベルクの料理は絶品なんだぜ！

鹿肉を使った煮込み料理だったのだけど、野菜だけじゃなく肉が柔らかいのなんのって。口の中でとろけるとはまさにこれのこと。

味付けもハーブを使っているのか、味オンチの俺じゃあ繊細なところまで分からないけど……複雑に絡まり合った調味料が何とも言えぬ絶妙な塩梅になっているんだ。

肉の臭みも全くない。ルンベルクだけでも素晴らしい腕を持つのにシャルロッテまで加わったから、いつも以上の絶品料理になっている。

これだけおいしい料理を食べられるなんて、のんびりと惰眠を貪りつつだと最高なんだけどな……。今は無理だ。い、いつか。必ず。

「ヨシュア様。おさかなは？」

「置いておいたら腐るかな？　焼いちゃおうか」

「うん！」

せっかくアルルが集めてくれたんだもの。久々の海魚だから、俺も食べたい。満腹だから、今すぐは勘弁だけど……。

川魚より海魚の方が個人的には好みなんだよね。

海魚を目にするのも、久しぶりだ。

冷凍の魔法はあるにはあるのだけど、わざわざ手を煩わせてまで公都まで仕入れるってのも気が引けてさ。

魚に関しては、地球でもよく見たものが多い。味も似た感じだったはず。

砂浜に打ち上げられていておいしそうなのは、イワシ、サバ、アジ、カワハギといったところか。

「ルンベルク、頼んでいいか？」

「畏まりました」

恭しく礼をしたルンベルクがさっそくグリルで魚を焼き始める。

『魚は地球と似ているのだね』

魚から上がる煙をすんすんしながら、ペンギンが自らの所感を述べた。

「変わったのもいたと思うけど、似たものが殆どだなあ」

『そうかね。ならキンメダイもいるかもしれないのか』

「キンメダイが好きなの？」

『そうだとも。煮つけにすると得も言われぬ旨さだ。日本酒によく合う』

キンメダイって、目玉が大きくて鮮やかな朱色をした魚だっけ。

「うーん。キンメダイがいたとしても地球と同じだったら捕獲するために準備しないと、だなあ」

『今は他にやることも多い。いずれ落ち着いたら、付き合ってくれるかね？　ペンギンであるこの身は泳ぐには適しているが、海水に適応しているとは思えないのだよ』

「キンメダイは深海魚だし、潜って咥えてくるのはなかなか無理そうだよな」

『視界もきかないからね』

キンメダイは確か水深数百メートルあたりを泳いでいるとかなんとか。

ペンギンも種によっては数百メートル潜るものがいたりするのだけど、このペンギンさんは淡水適応している種というのが本人談である。

となれば、海の中を深く潜ることはできないはず。

深海ともなると、太陽の光も殆ど届かない暗闇（くらやみ）の世界だしなあ。海の中にはモンスターもいるんだ。深海で襲われたら、誰も助けに行くことなんてできない。

やはり、釣りか地引網が安定だろうな。

「ヨシュア様。お客様だよ」

「ん？」

アルルの呼びかけに顔を向けると、空を飛ぶ変な爬虫類（はちゅうるい）がぎょろりとした目をこちらに向けていた。

そいつは派手派手な原色オレンジのごつごつした鱗（うろこ）に覆われたトカゲみたいな見た目をしている。背中から小さな翼竜に似た翼が生えていた。

あんな小さな翼で飛べるとは思えないから、魔法か雷獣のように魔力を変換して揚力に変え浮遊しているのかな。

首元は髭（ひげ）にも見えるトゲトゲになっていた。

閉じた口の端にも髭のようなピンと張ったトゲトゲが二本あって、ぎょろりとした目も相まって何ともふてぶてしく見える。

同じ鱗を持つ生き物だし、こいつが覇王龍の派遣したモンスターで確定だろう。

「覇王龍の眷属とやらか？」

「オウ。そうだ」

念のために聞いてみたら、トカゲが普通に喋（しゃべ）った！

「リンドヴルムとのメイヤクに従い、オレサマ、オマエ、マルカジリ」

「待て待て。俺の様子を見にきたんだろ」

「そうだ。ニクニク」

お腹が空（す）いているから、餌を寄越（よこ）せって言いたかったのかよ。

確かまだ生肉の在庫があったよな。ルンベルクに目配せすると、彼は床に置いた大きなストック用の箱を開く。

続いて彼はチラリとこちらに骨付き肉を見せた。

頷（うなず）くと上品な仕草で立ち上がったルンベルクが俺の元まで骨付き肉を持ってきて、膝をつく。

「ここに」

「地面に置いちゃってもらえるかな」

俺の言葉通りにルンベルクは骨付き肉を地面に置く。

すると、パタパタと小刻みに翼を震わせたトカゲが空から落下する勢いで骨付き肉にしがみ付いた。

骨付き肉とトカゲの尻尾（しっぽ）を除いた全長がほぼ同じ三十センチほどで、おお、ピッタリじゃないか

なんて変なことを考えてしまう。

挨拶もまだだってのに、肉を黙々と喰らうトカゲにため息が出そうになる。見た目通りふてぶてしい奴だ。

でもまあ、食べ物優先な人は裏表のない傾向であることが多い。

こいつも単純で動物的ならいいんだけど。

隠し事やら裏でこそこそ動かれたりして、大失敗なんてことはよくある話だ。何事も誰かに相談した方がうまくいくことが多い。

――もっちゃもっちゃ。

汚らしく咀嚼するトカゲが大きな口を開け、バリバリと骨を噛み砕く。

骨付き肉を丸ごと食べちゃうらしい。

「マアまあだな。ニクニク」

「俺はヨシュア。君は?」

「オレサマ、ゲラ＝ラ」

「よろしくな。ええとゲララ?」

「オウ」

右前足を器用に上にあげて応じるトカゲことゲラ＝ラであった。

ゲラ＝ラとの挨拶が終わった時、ちょうど魚が焼き終わる。

全ての用が済んだ俺たちは撤収準備に入った。

満腹だからか、ゲラ＝ラは俺たちが後片づけしている間ずっと目を瞑り伏せの体勢ですやすやと眠っていた。

ペンギンは活動し続けているというのに。といっても、じっとして海水の樽を見つめているだけだけど。

海水も地球と同じなのかなあ。塩辛かったので塩化ナトリウムが含まれているのだろうと思う。濃度は不明だけど。

含まれている成分によって海水の浸透圧が変わる。ペンギンにとっては気になるところかもしれないけど、俺は特に興味がない。

浸透圧が異なろうが、サバやアジがいる。似ているだけな可能性も高いけど、味わいもそっくりなので特に問題はないさ。

最後に残ったガルーガとバルトロが大きな箱を運び込み、作業が完了となる。

「よおし、帰ろう」

俺の掛け声に反応して、それぞれが飛行船を動かす持ち場につく。

ゲラ＝ラは起きなかったので、アルルに運んでもらって飛行船の隅っこに放置している。

それでもまだ起きようとしないあいつは大物なのかもしれない……。アルルはトゲトゲがちくちくすると言っていた。

そう言われると気になるのが人間の性ってもんだ。

スタスタと近寄っていき、伏せの体勢で眠るトカゲの前でしゃがみ込む。

手を伸ばし、顎下のトゲトゲに触れてみた。

「確かに……こいつのトゲトゲ、指を怪我しそうだ」

「じ、自分も触れていいでしょうか……覇王龍様の眷属に恐れ多いでしょうか……」

俺と向い合わせの位置に立ったシャルロッテが、右手の革手袋を左手で掴みそんなことをのたまったのだ。

相当トカゲのことが気になる様子で、いつもは俺としっかり目を合わせる彼女なのにトカゲと俺の間で視線を交互に動かしている。

「さっきもアルルに運んでもらったし、特に触るなと言われているわけじゃあないから問題ないさ」

「そ、そうでありますか。で、では……ふ、触れても？」

コクコクと頷くと、シャルロッテがガバッとその場で腰を下ろす。余りの勢いに彼女の着ている白銀の鎧が高い金属音を立てた。

いそいそと革手袋を脱ぎ、鎧に挟んだ彼女は両手を開きゲラ＝ラにじわじわと迫っていく。

指先がプルプルと震え、何だかとっても危ない感じなんだけど……少し息も荒いし……。大丈夫か？　シャルロッテ……。

いよいよ彼女の指先がトゲトゲに触れようとした時――。

パチリとゲラ＝ラの目が開く。

「……ニク」

「さっき喰っただろ！」

開口一番、細く尖(とが)った舌を出し呟(つぶや)いたゲラ＝ラ。

あんまりな言葉に思いっきり突っ込んでしまったじゃないか。

一方でシャルロッテは動きをピタリと止めた後、苦渋に満ちた表情を浮かべてずるずると手をゲラ＝ラから離した。

「そうだった。ニク、マルカジリ」

「肉は次の食事時間まで待て。あと、肉の礼と言ってはなんだけど、シャルロッテにトゲトゲを触らせてあげてくれないか？」

「オウ」

ゲラ＝ラがぐいっと顎をあげ、首を後ろに回す。

真後ろまで首が回っているのだけど……痛くないのかな。トカゲってそこまで首を動かすことができるんだ。

感心しつつ、シャルロッテに「いいよ」と目で合図を送る。

すると、シャルロッテの凛(りん)とした顔に厳しさが増し、細い眉(まゆ)に力が入った。

唇をギュッと結び、先ほどと違って一気に手を伸ばしゲラ＝ラの頭に触れる。

ますます眉間(みけん)に皺(しわ)が寄るシャルロッテと特に反応を見せないゲラ＝ラに対し、俺の方がどうしたものかとハラハラしてきてしまった。

そんな俺の想(おも)いなど露知らぬ彼女は、さわさわと指先だけでゲラ＝ラの頭を撫(な)で、ちょんちょんと顎のトゲトゲをつっつく。

彼女の表情はそのままなのだけど、頬に僅かな朱がさした。

「とても……硬いであります」

「オレサマのトゲは木だって貫くからな。グゲグゲ」

下品な笑い声をあげるゲラ＝ラに対し、シャルロッテの固く結んだ口元が僅かに緩む。

これ、ひょっとして、彼女なりに喜んでいるのか？

よく見てみると、苦渋に満ちているように思えた表情も緊張からと取れる。その証拠に頬が紅潮し目元は……凛として厳しい感じだな……。

あれえ。

いや、たぶん、きっと。楽しんでくれているに違いない。

「なんなら抱っこしてもいいぞ。な、ゲラ＝ラ？」

「構わんぞ」

「は、はい！」

両手を伸ばし、ゲラ＝ラを持ち上げたシャルロッテは彼を胸に抱く。

白銀の鎧が邪魔をしているのだけど、嬉しいものなのかな。犬猫を抱っこした時って、あのもふもふ感がいいものなのだけど。

と思っていたら、彼女はゲラ＝ラをさらに持ち上げて彼の真っ白のお腹に頬ずりしたのだった。

背中側は鮮やかなオレンジ色なのだけど、裏側は白なんだな。この辺は俺の知るトカゲとよく似ている。

腹側は背中と違ってトゲトゲも無いしゴツゴツしておらず、すべすべだな。触れるとひんやりとして気持ちいいかもしれない。

「シャル。しばらくゲラ＝ラと遊んでやっていてくれ」

「ですが、風を起こさねばなりません」

「たまには休むといい。戻ったらまた動いてもらわないといけないから」

シャルロッテに風魔法で手伝ってもらっていたけど、それは彼女に経験を積ませるためだった。

彼女は魔法に関してセコイアに遠く及ばないが、指導者として非常に優れている。

街にいる風魔法を使える者に飛行船での風魔法の使い方を指導するためというのが大きい。

正直、風を起こすだけならセコイア単独で事足りる、というか彼女なら片手間で起こした風魔法でも十分だと思う。

飛行船遊覧という束の間(つかのま)の休息も終わりだ。

戻ったら、激務が待っている……まずは来客からだっけ……それとも市政制度からだっけ。

俺は考えるのをやめた。

閑話一　変わりゆくオラクル

わたし、ミーシャ。

ヨシュア様自ら、わたしを治療してくださったの！　一緒にゲームをしたりして、とっても楽しかった！

すっかり回復したわたしは、退院？　ということになったんだ。

それで、別れ際にヨシュア様がこんなことを言っていたの。

「ミーシャ。それにお父さんとお母さんも。早期の治療のために必要だったとはいえ、実験台のようにいろいろと試したこと、申し訳なかった」

「い、いえ。とんでもございません！　ヨシュア様がいらっしゃってくれたからこそ、私たちはこうして病魔を克服することができたのです！」

お父さんが深々と頭を下げ、お母さんとわたしもお父さんを真似して深々と頭を下げる。

「ガーデルマン伯爵領に手配をしよう。乗ってきた馬車はちゃんと保管している。馬も元気だ」

「そ、そのことですが、ヨシュア様。不躾で病魔を持ち込んだ私たちが言うのも憚られるお願いだと分かっております。ですが、オラクルの街で暮らさせて頂けませんでしょうか？」

「構わないけど。いいのかな？　農地や家財道具も残してきているんじゃ？」

「よ、よろしいのですか！　大丈夫です！　ありがとうございます！」

こんなやり取りがあって、わたしたちはオラクルの街で暮らすことができるようになったの。

ガーデルマンのお家にはわたしやお母さん、お父さんのベッドとかスキやクワなどがあった。

でも、うさぎのぬいぐるみ「ターニャ」がいるから、わたしもこのままここに住んでもいいかな。

だって、ヨシュア様がいらっしゃる街なんだもの！

きっと、住みやすいところに違いないんだから！


そして、わたしたちは「インスラ」という簡易的な住宅に案内されたんだ。

「簡易的」って雨風を凌ぐことができるだけ、という意味だと思っていたんだけど、違うのかな？

頑丈な石壁で作られていて、「家族だから」ということで特別なお部屋を案内されたの！

インスラの中は扉がいくつもあって、それぞれ別の人が住んでいるって案内してくれた人が言っていたわ。

だけど、わたしたちが案内されたお部屋は、中に入ると階段があって二階と三階にまたがっていたの！

「すごいね。お父さん！」

「だな。簡易的なんてとんでもない。これだけ頑丈ならば嵐がきても雨漏りしないだろうし、ビクともしないさ」

お父さんも嬉しそうに顔を綻ばせ、わたしの頭を撫でてくれた。

ちょっとだけこのまま抱っこしてくれないかなあなんて思っていたら、ふわりと体が浮き上がる。

「すごいぞ。窓まであるじゃないか」

「うん！」

窓際までわたしを抱えて運んでくれたお父さんと顔を並べ、窓の外を眺めたの。

窓から見下ろす景色に思わず「ふわあ」と声が出る。

「お父さん。この街って、本当に少し前まで何もなかったの？」

「お父さんも信じられないよ。ここに来るまでにもビックリしていたけど、改めて見てみると本当に何もなかったなんて思えないな」

「うん！」

石畳の道がずーっと続いていて、窓から乗り出して右手の道を覗き込んだの。

そうしたら、遠くに広場みたいなものがあるのが分かったんだ。

反対側も石畳の道が続いていて、道沿いにずらーっとお家が並んでいる。

道を歩く人たちも一人や二人じゃなくて、生き生きとした顔で台車で荷物を運んだりしていた。

「こんにちはー」

すると人懐っこい笑みを浮かべたお兄さんが、わたしたちに向け手を振っている。

彼は大きな台車をもう一人と一緒に運んでいるようだった。

台車には荷物がいっぱい載っているみたいだけど、布が被せられていて何を運んでいるのかは分からなかったの。

ちょっと残念。ひょっとしたら、あまーいリンゴをいっぱい積んでいるかも？　なんて思ったのに。

「こんにちは！」

挨拶をしてくれたお兄さんに挨拶を返したの。

すると、お兄さんたちは思ってもみなかったことを言ったんだ。

「ホルンさんでよろしかったですか？」

「はい。そうですが」

お父さんが困った顔でお兄さんにこたえたの。

突然大荷物を持った人から尋ねられても、困っちゃうよね。わたしたち、ここに来たばかりで道を尋ねられても分からないもの。

「家財道具をお持ちしました。ご希望は農具でよろしいですか？」

「は、はい。私は農家でした。ですので、ここでも農業をお手伝いできればと」

「大歓迎です！　畜産でも畑でも！　ヨシュア様もお喜びになります」

「え、ええと。お待ちください。そちらに向かいますので」

お父さん、お母さんと一緒に建物の外まで出たの。

お兄さんがペコリと頭を下げ、荷物に被せた布を取った。

中には、農具に加えコップとかフライパンなどの日用品、更には魔道具までいくつか置かれていたの。

「ベッドとクローゼットは後から持ってきます。二、三日かかりますが、それまでは、不便だと思いますが毛布だけで」

「い、いえ。とんでもありません！　家だけでなくこんなものまで」

「食糧は配給になってます。いずれ貨幣を導入したら、普通の街のようになるだろうとヨシュア様がおっしゃっております」

「そ、そうですか。精一杯働かせていただきます！」

「そのうち、畑に近い場所に家を建てるとのことです。それまでは少し遠いですがここから農地へ向かってください」

　この後、荷物を降ろし運び込むことを手伝ってくれたお兄さんたちは、「じゃあ」と警備兵のような敬礼をして立ち去って行った。

　でも、驚くことはこれだけじゃなかったの！

　わたしたちが窓から外を眺めていたから、お母さんが言いそびれたっていっていたんだけど……。

　煮炊きの魔道具も揃（そろ）っていたんだって！　蛇口を捻（ひね）れば水が出るし、トイレまであったのよ！

　すごいすごいよ。

　来たばかりのわたしたちにここまでしてくれるなんて。

　わたしもお手伝いできることを見つけたい。わたしじゃあ、できることが限られているけど、きっと何かできるはず！

　配給をしているって言ってたよね？　だったら、お料理のお手伝いなんてどうかな？

「ねえねえ。お母さん。配給ってどこに行けばいいんだろう？」

「さっきのお兄さんがまずは中央大広場に、って言っていたわ。行ってみましょう」

「うん。お父さんも」

「もちろんさ！　さっそく行こうか」

「うん！」

右手でお父さんの、左手でお母さんの手を引っ張って、早速広場に向かうことにしたんだ。

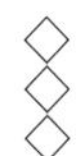

オラクルの街に住み始めてから今日で二十日くらいかな？

お父さんは畑へ。お母さんは街のお掃除係をやっていたんだけど、少し前から別のお仕事をしているの。

草を編んで籠（かご）を作ったり、絨毯（じゅうたん）にしたりってことをしているんだって！

「わたしにも教えて」とお母さんにお願いすると「背の高い草があったらね」なんて言うの。

だからわたしは背の高い草を探しに街を歩くことにしたんだ。

でも、その前に行きたいところがあるの。

毎日どこか必ず変わっている街の風景に目を輝かせながら、てくてくと大通りを歩く。

今日はいないかなあ。

広場が近くなると自然に早足になってくる。

あ、いた。

鍔の広い麦わら帽子をかぶった白いワンピースの女の子。わたしと同じ歳くらいの。

耳がピンと尖っていて、エメラルドグリーンの長い髪がとってもきれいなの。

キラキラって太陽の光に反射して、わたしの地味な焦げ茶色の髪とは全然違うんだ！

手を振りながら、彼女の元まで駆け寄る。

「おはよう！　マルティィナ！」

「お、は、よう」

「お散歩？」

「う、うん」

「一緒に行こう！」

こくこくと小さく頷く彼女の手を取って、まずは広場の中央に向かう。

広場の中央にはヨシュア様を模した凛々しい像が立っているの。周囲を四角い石が丸く取り囲んでいるのだけど、いずれ水を張るんだって！

ガーデルマンにも女神様の像があったのだけど、ヨシュア様の像だってそれに負けないくらい素敵なんだから。

両膝をつき、目を閉じてお祈りする。神様にお祈りする代わりにここでヨシュア様にお祈りしているの。

マルティィナも立ったまま目をつぶって祈っているみたい。

彼女はエルフ？　だと言っていたのだけど……人間と同じ神様がいるのかな？　それともエルフにはエルフの神様がいるのかな？

不思議に思って彼女に聞いてみたら、エルフは大きな木を神様だと思っているんだって！

信じる神様が違っても、おんなじようにヨシュア様に祈りを捧げるって素敵だと思わない？

それだけヨシュア様を敬愛してるってことだし、だから街の人は一つになれていると思うんだ。

「し、白い、お、うちを、見つけた、の」

「行ってみよう！」

マルティナの手を握ると、彼女からわたしの手を引っ張ってきた。

彼女の目が「はやくはやく」と訴えている。

わたし思うの。マルティナはお友達を作るのが苦手と言っていたけど、そうじゃないって。

だって、彼女はこんなに楽しそうにわたしと一緒に遊んだり、探検したりしてくれる。

お喋りが少なくても分かるよ。マルティナ。

あなたが何を言おうとしているかってことくらい！

広場を離れ、二人並んで歩いていくと三角屋根から細い柱が伸びた建物が見えてくる。

あれは聖教の教会。公国からきた人の多くは聖教の神様に祈りを捧げているの。

だけど、ここにあるのは聖教の教会だけじゃあないんだ。両隣に「ものづくり」の神様とご神木を祀っている社があるのよ。

神様がいっぱいいるから、きっとオラクルの街は他の街より安全でいっぱい幸せを運んでくれると思うんだ。すごいよね！

　教会を過ぎたところで、マルティナが右斜め前を指さす。

　ほんとだ。壁だけじゃなく屋根まで真っ白の建物があるじゃない！

「ここって。あ」

「びょ、病院、だ、よ」

　そっか。病院かあ。

　実のところわたしは、しょっちゅう病院の前を通っていた。

　たしか一昨日(おととい)までは白い屋根じゃなかったんじゃないかな。

　ここは綿毛病を治療するために建てられたってお母さんが言っていたわ。

　元はといえばわたしが、この街に綿毛病を……。

「ど、どうした、の？」

「う、ううん。何でもないよ」

　ぶんぶんと首を振ったんだけど、マルティナには分かっちゃったみたい。

　彼女は心の色？　感情っていうのだっけ？　を普通の人より感じとる力が強いみたいで、わたしが悩んでいるとすぐに察しちゃうの。

　その時、艶(つや)やかな長い黒髪を揺らしたメイド服姿の綺麗(きれい)な女の人がにこっとわたしたちに向け会釈してくる。

　真(ま)っ直(す)ぐに切りそろえた前髪にすっと伸びた眉(まゆ)、長いまつ毛、女性らしい体つき……わたしも大きくなったら、ううん。ちょっと難しいかな、と思う。

わたしはこの人を知っている。

「エリーさん」

綺麗な女の人の名を呼ぶと、彼女は大きなバスケットを抱えたままわたしたちに声をかけてきてくれた。

「二人揃って、お散歩？」

「う、うん。し、白い、屋根を、見に、きたの」

「ヨシュア様が分かりやすいように屋根を白く塗ったらどうかとおっしゃったの。それをポールさんに伝えたら、すぐに大工さんたちが真っ白に塗ってくださったの」

そうだったんだ。

ぎゅ。

マルティナがわたしの手を握り、「大丈夫」と言わんばかりに手に力を込めた。

うん、分かっているよ。マルティナ。

わたしが悩むことなんかないんだって。ヨシュア様にも言われたの。

「綿毛病はミーシャがやってこなかったとしても、オラクルの街にまで運ばれてくるとヨシュア様もおっしゃっていたわ」

「うん。でも」

エリーさんまで……。わたし、そんなに顔に出ていたかなあ？

彼女は中腰になって片手でバスケットを支え、もう一方の手をわたしの頭の上に乗せた。

「大丈夫。先に綿毛病のことを解明できたから、重篤化する人も出ないだろうって、ヨシュア様だけじゃなくペンギンさんもセコイア様もおっしゃっているもの」

「うん！」

「いい笑顔！　その調子よ。ミーシャ」

口元だけに笑みを浮かべたエリーさんが、わたしの頭から手を離し立ち上がる。

「あ、あの。エリーさん」

「うん？」

「ヨシュア様のメイドになるのって、やっぱり、エリーさんみたいに綺麗じゃないとダメなのかな？」

「き、綺麗……わ、私が。私など」

何故かたじろくエリーさん。

エリーさんは自分の容姿に自信がないのかな？　わたしだったら、みんなに自慢しちゃうよ？

「アルルさんも可愛いし。ヨシュア様は可愛い人と綺麗な人、どっちが好きなのかな？」

「ど、どっち……。いえ、そんな。わ、私が選択肢に？　そんなわけ……」

「あ、エリーさん」

くるりとわたしたちから背を向けたエリーさんは、白い建物――病院に向かって行ってしまったの。

第二章　税と貨幣と

ゲラ＝ラという小さな仲間を加えた俺たちは無事オラクルへ帰還する。

発着場には大勢の人だかりができていて、飛行船が着陸すると大歓声で迎えてくれた。

俺がタラップを降りた時はひときわ大きな歓声があがってさ。過呼吸で倒れる人までいる始末……。

降りるなり人波を分けて、白髭（しろひげ）のノームが前に出てきた。

赤い帽子にチョッキといつもの姿の彼は、嫌がらずむしろ率先して細かい仕事をしてくれるトーレその人である。

「どうでしたかな？」

「バッチリだったよ。次はトーレたちも是非乗ってみてくれ」

「ほっほっ。お願いします。ところで、ヨシュア坊ちゃん」

「ん？」

「次は何を作るのですかな？　ですかな？」

「い、いろいろ作って欲しいものはあるけど……」

にじり寄ってくるトーレの尽きぬ情熱にタラリと冷や汗が。

彼もガラムも、興味があることなら完璧な技術を惜しげも無く投入し、一心不乱にハンマーを振るってくれる。

それはよいのだけど、休んでもらわないと倒れられそうで……。倒れてもまだ道具作りをやめないような気もして。

「ほ、ほほお。何を、です？」

「あ、いや。素材もないしなあ。鉱脈の探索も進めているんだけど」

マンパワーが日に日に増え続けているので、ガルーガとバルトロの下にいくつかのグループを作り、採取から採掘までいろんなことに活躍してもらっている。

それでも、大規模なインフラを鉄を使ってとなるとまだまだ難しい。

それに、今は採取と狩猟に一番力を入れてもらっている。食糧の安定確保はなかなか大変なのだ。

そうはいっても、街のインフラは急速に整いつつある。拡大した部分の追加工事もあと一週間もしないうちに終わるだろう。石畳の道、地下に敷いた上下水道と汚水の流れ込む浄化槽は基本として、住居も余分に建てている。

日用品として親しまれている魔道具も、職人の頑張りにより最低限、支給されているし。

蛇口を捻れば水が出る。トイレも水洗、風呂……はないから行水で我慢だけど公国でも同じだからよしとしてくれ。

「インフラより市政制度の方が追いついていないんだよなあ」

『では、その間。私はトーレさんたちと研究に勤しんでもよいかね？』

うお。どこから喋ってるんだよ。

さっきからムズムズするなあと思って脚を少し開いたんだ。

したら股の間にペンギンがでーんと立っていて、パカパカ嘴を開いていた。

「うん、ちゃちゃっと終わらせるつもりだけど、都度相談するかも。あ、そうだ。大仕事があるぞ」

「ふぉふぉふぉ。それはそれは」

長い真っ白な髭に手を当てたトーレが垂れ下がった眉をあげる。

「貨幣だよ。そろそろ貨幣制度を導入したい。外とも取引を始める予定だし。元は商店をやっていた人たちや職人たちもたくさんいることだし」

『ふむ。トーレさんやガラムさんも交えて議論することにしよう。私としては、次は運搬手段の構築かと思っていたのだが』

「それやっちゃうとますます流通が盛んになるから、その前に手を打ちたい」

最初はいいけど、いつまでも共有財産じゃあ不公平感が募るだろう。個々人で外部とやり取りできなくなっちゃうし。

となると、税制もやらんといけないのか。

よし、シャルロッテに丸投げ……いやいや、それは流石に……でも彼女なら。

「だああ。人任せにしちゃダメだろ、俺！」

「閣下、お体の様子が優れないのでありますか？」

ついついシャルロッテの方を見ていたようだ。

心配した彼女が俺を気遣ってくれた。

「シャル、ちょっと」

「な、何であ、ありますか！」

ギュッと彼女の手を掴み、自分の元に引き寄せる。

突然のことにたじろく彼女の耳元に顔を寄せ、他の人には聞こえないよう囁く。

「すまん。忙しいところ。今晩、俺の部屋へ来てもらえるか？」

「は、はい！」

「しーっ。声が大きい。余りみんなに聞かれたくないから」

「し、失礼いたしました。で、ですが、自分でよろしいのですか？　エリーさんやアルルさんでなくとも？」

「シャルじゃないと頼めないから、さ」

察してくれよ。

税制という繊細なものの骨子を相談したいんだってば。

領民にとって敏感な話だし、ある程度固めるまで大っぴらに聞かれたくない。

なので、お部屋でコッソリとって思ったわけだ。

一人で考えろよ、という突っ込みが入るかもしれない。でも、シャルロッテに丸投げよりマシだろ？

「そ、そうであ、ありますか！」

「だ、だから。しーっ」

「失礼いたしました……。がさつな自分ではありますが、精一杯頑張ります」

「もうちょっとゆるーくでいい。ゆったりとリラックスしながらの方がいい」

何故か真(ま)っ赤(か)になったシャルロッテはしおらしく頷(うなず)くのだった。

今更何を恥ずかしがっているのか分からん……。公国時代には毎朝、牛乳を持って自室まで来ていただろうに。

場合によってはルンベルクやペンギンも頼ることにしよう。

ルンベルクは何だか騎士っぽいから領地経営的なことにも詳しいかもしれないし、ペンギンは言わずもがな。

政治的なことに興味はなさそうだけど、日本社会を知る彼なら良い相談相手にはなるだろう。


その日の晩――。

コンコンと扉を叩(たた)く音が耳に届く。

「閣下、シャルロッテであります」

「おう。入って入って」

椅子から立ち上がって扉を開けに向かう。

ガチャリ。

先に彼女が開けてしまった。

「お。何だかいつもと雰囲気が違うな」

「そ、そうでありますか。何だか閣下とお会いするのにこのような格好でいいものか悩んだのでありますが……」

うんうん。これくらいの格好の方がいいんじゃないかな。夜もバリバリの仕事モードだと構えちゃうしね！

いつもはアップにした髪の毛をスラリと下ろしたシャルロッテは、口元だけに紅を引いていた。

白銀の鎧も着ておらず、白のブラウスにくるぶしくらいまであるロングスカート。

一方で俺は俺で、寝間着に着替えていたのだけどね。はは。もちろん、すぐに脱げてしまうダンディなガウンではない。

あれは憧れではあるのだけど、俺にはまだ早かったようだから、仕方ない……。

「んー。ベッドにする？」

「は、はいい」

焦った様子のシャルロッテがちょこんとベッドに腰かけうつむく。

両手を組んでそわそわと落ち着きなく指先を動かしている。

んじゃま、俺は椅子に座るとしよう。

「シャル。すまんな。呼び出してしまって」

「いえ。本当に私でよろしかったのですか？」

「うん。シャルじゃないと」

「じ、自分でないと、でありますか！」

シャルロッテがガバッと顔をあげた。彼女の目が真っ赤になっていて、目元が潤んでいる。

眠たいのかもしれん。

ならばさっそく本題を切り出すとしよう。

「まず貨幣のことなんだが、金本位制に近いものを採用しようと思っている」

「へ？」

シャルロッテがきょとんとなってしまった。

そ、そうだった。公国だと金本位制を採用する必要もなかったから、彼女にとっても初耳だったな。

「あ、すまん。金本位制というのは、貨幣制度の一つで。紙幣を流通させるのだけど、ただの紙切れじゃなくて記載された金額分の金といつでも交換できる制度のことなんだ」

「貨幣の製造方法はともかく、資源がありません。紙で代用するのは悪くない手ではありますが……同価値の金を用意できるのでしょうか」

「そこは金じゃなく、魔法金属にしようかなと思っている。これなら量はなくとも代替が利く。だけど、金貨や銀貨みたいにすると」

「指先より小さな貨幣になってしまいますね」

「うん。それに、紙幣だったら万が一全部燃えちゃってもまた刷ることができる。貴重な魔法金属は厳重に一か所で管理することで管理費も安くつく」

ようやくシャルロッテも乗ってきたようで、顎(あご)に指先を当て何かを考えている様子だった。

「さすが閣下であります。金銀の量が少ないならば、魔力を付与し魔法金属に変え、付加価値をつけるというわけですね」

「うん。どれも量が限られているからバラバラになってしまうけど、鉄から作るブルーメタルでもそれなりの価値はあるから」

「価値……は公国貨幣に換算するのでしょうか」

「その通り。取引を開始する予定なのはシャルの実家の領地からだからね」

貨幣の価値を決定することは骨が折れる。だけど、公国の貨幣価値と合わせてしまえば設定が楽だ。

領民のほぼすべては公国から流入しているし、違和感もない。

取引相手となるのも公国領だから、同価格で両替できるようになる、といい事ずくめだ。

「辺境からガーデルマン伯爵領に至るまではどうされるおつもりですか?」

そうだなあ。通商路はどうするか。

俺は国外追放された身だから、公国内に俺自身が入ることは避けた方がいいだろう。

だけど、特段俺と公国が敵対しているわけでもなければ、取引を制限されているわけでもない。

聖女の性格からして、その辺は無頓着(むとんちゃく)だろうから。俺が辺境に構えていさえすれば、口出ししてくることもないはず。

彼女は俗世のことにまるで興味がないからな。いや、興味を持たないようにしていると言った方が適切だ。

アリシア（聖女）……俺を追い出したことを気に病んでないかな。彼女は怜悧（れいり）に見えるけど、実のところ心優しい人なんだってことを俺は知っている。

彼女が浮世離れした振る舞いをしていようとも、バルデスたちがいるし彼らがうまくやっているだろ。

なんて人のことを心配している場合ではない。辺境国を整えるのが俺の仕事だ。

ガーデルマン伯爵領と取引するのなら、途中の領主たちともやり取りできればより取引量を増やすことができる。

「現ガーデルマン当主……シャルの弟に他の領主のことを頼んでみようか」

「承知いたしました。きっと周辺の貴族も閣下と取引したいと持ち掛けて来ることでしょう」

「だといいな」

「必ずや。貴族と会うだけであれば交渉も必要ありませんし、クルトでも十分こなせます」

シャルロッテの弟クルトには会ったことがない。どんな人なのか会うのが楽しみだな。

彼女にとって弟はまだまだ手のかかる子って印象みたいだ。

だけど彼は一人前に政務をこなしているのだから、領主としての器量を備えていると見ていい。

「ガーデルマン伯と喋（しゃべ）ってみないと、取引については何ともいえないな」

「閣下と取引したくない領主など、存在しないと思いますが……」

「いやいや。こっちは新興国だしさ。あと、貨幣の製造をどうするかは、ペンギンさんや職人たちを交えて議論しよう」

「承知しました！」

貨幣の大枠はこれでいいとして、お次は長い長い議論になるやつだ。

そう。税金である。税金を定めるとなると、市政制度も整備しなきゃならない。

制度は一つだけじゃあ立ち行かないので、全方位的に決めてからはじめなきゃならない面倒なものである。

この辺を相談するために彼女を呼んだのだ。一人じゃあ整理することもままならない。彼女ならテキパキと情報を振り分け、精査してくれるからな。

「山積みだな……最低限だけ決めて、数ヶ月ごとに見直すことを基本にしよう」

「はい。警備、治安維持は現仕組みを踏襲いたしますか？」

「うん。カンパーランド辺境警備隊としよう。隊長はリッチモンド卿」

「妥当なところです。ルンベルク殿やバルトロさんはどうされます？」

「彼らはできれば元のハウスキーパーの仕事に戻したいところなんだけど……別動隊として俺の直属につける」

「承知です。閣下のことをよくご存知のお二人には柔軟に動くことが望まれるでしょうし、アルルさんとエリーさんもそのように？」

「そうしよう。だけど、彼らの意思を尊重するつもりだ。他にやりたいことがあれば、任せたい」

「承知いたしました。お優しい閣下らしい判断です」

シャルロッテもさすがよく分かっている。悩まなくて済むところから議論を開始させてくれたんだな。

「シャル。筆記を頼めるか」

「もちろんです。席を入れ替えましょうか」

ベッドから立ち上がったシャルロッテが椅子に座り、俺がベッドに腰かける。

机の上に備え付けられた羊皮紙と羽根ペンを手に取った彼女は、サラサラと筆記していく。

「税制の前に、辺境国の政治決定の仕組みを語ってもいいか？」

「是非に。閣下のお考え、興味深いです！」

目をキラキラさせて、喜色を浮かべる彼女は根っからのワーカホリックだった。

近代社会では三権分立……つまり司法・行政・立法が基本になっていて、それぞれの権力機構が分かれている。

だけど、辺境国でこれを採用する気はない。

「『三部会』という領民の代表が集まる議会を作る。三部会の下部に『商業組合』『農業組合』『民会』を組織し、各代表者数名を三部会に召集する」

「貴族ではなく、領民を政治に参加させるわけですね」

「うん。だけど、三部会で議決したことがそのまま辺境国の決定とはしない。三部会からあがってきた議決は俺を含む中央議会で再度決議する」

二院制をアレンジしたものだけど、実のところ結構違う。

中央議会の人員選出決定権は辺境伯が持つものとする。なので、俺が恣意的に選んだ人を集めることが可能だ。

領民の代表も最初はシャルロッテ辺りに候補を選別してもらい、俺が選出しよう。

最終決定権が全て辺境伯にあるので、議会制度に見えるが絶対王政にカテゴライズされる……だろう。たぶん。

最初から領民任せにしてしまうと決まるものも決まらないから。今はスピード勝負だし、問題点があれば迅速に解決する必要がある。

なので、辺境伯に権限を集中させ舵を切りやすくしたってわけだ。

といっても、領民の意見は三部会で吸い上げるつもりだけどね。

権限集中とか激務が予想されるって？　仕方ない……三年間限定の制度にするつもりだから、我慢、我慢……。

「貴族は置かないのですか？」

「そのつもり。公国では平民を貴族に引き上げる制度を作ったけど、ここには領土持ちの貴族はいない。何もなかったところだからね」

「法服貴族も置かないのでありますか？　官吏はどうされます？」

「官吏は置く。名前は考えなきゃだけど、公国時代のように役割を分けて、長官には中央議会に出てもらってもいいな。事務的なことと、政策的なことの二つをこなしてもらう」

「どのように選出するかも検討しなければなりませんね」

「あと、聖教関連の部署は置かない。完全なる政教分離を行う」

貴族を置かないことに対して眉（まゆ）一つ動かさなかったシャルロッテと言えど、この提案には切れ長の目を大きく見開く。

それでも、俺の意見にコクコクと頷（うなず）きサラサラと羽根ペンを走らせる。

「細かいことは別に議論の場を設ける、でよろしいですか？」

「うん。今ここで決めるのは思いつきに過ぎないから。税率はどうするかなあ。議論せず俺がバシッと決めちゃった方がいいか」

「はい。最初は閣下が決められるのがよろしいかと」

「官吏側……シャルたちの給与とか。商業・農業もまだ稼働していないから、お金を稼ぐ手段がないかな」

「農家は間もなく収穫期です。商人、職人たちには当初資金を持たせてはいかがでしょうか？」

「そうだな。今まで頑張ってくれたお礼として、一定額を支給しよう。農業関連者には収穫したものを。それぞれ一部税金として差し引くことで対応しようか」

「承知しました」

最初はばら撒（ま）きになるけど、そもそも貨幣の交換に使う鉱物だって領民たちが汗水流して採掘したものだ。

共有財産だったものを分配すると考えればいい。これまで領民たちが無償で働いた分は決して安い額じゃあない。

できる限り派手に配るとしよう。金を回さないと経済が回らないからね。


「これをこうして……」

「閣下、それですと、ここと矛盾いたします」

「重複はよくないな。ううん。では、これでどうだ」

「悪くないかと」

シャルロッテが描く組織図に指を当て、あーでもないこーでもないと頭を捻(ひね)る。

実際に組織を作ってみたら、机上と違うことはままあること。だけど、机上の論理がないと、実体を作ることができない。

びっしりと埋まった図に目を凝らす。

あ、そうか。

シャルロッテの手に自分の手を重ね、指先を当てる。

「ここだよ。ここ」

「閣下！　なるほどであります！」

椅子から腰を浮かした彼女と手を合わせ小躍りしていると、扉がガチャリと開く。

「ヨシュア様、シャルロッテ様も夜通し起きておられたのですか！」

「エリー。あれ？　もうそんな時間？」

急に扉が開いたことで、変な体勢のまま固まってしまった。

それをエリーに見られちゃったわけで、少し恥ずかしい。

目を逸らしてくれればよいのだけど、じーっと見られているので元に戻るタイミングを逃してしまった。

右足が宙に浮いたまま、どうしたものかと思っていたらエリーが更に言葉を続ける。

「何度かノックをしたのですが、お出にならず。かといって、中から声が聞こえましたもので何かあったのかと」

「すまんすまん。つい夢中で」

右足を床に着け、合わせたシャルロッテの手から自分の手を離す。

ワザとらしい咳をしてから、改めてシャルロッテと目を合わせた。

「シャル。今日のところは解散としよう」

「承知いたしました。では、後程」

シャルロッテがビシッと騎士風の敬礼を行い、部屋を辞す。

それにしても、窓から差し込む光が目に痛い。

ふわあ。

大きなあくびが出てしまう。

集中していたから気が付かなかったけど、意識すると急に眠くなってきた。

まさか、徹夜で続けるとは思ってもみなかったよ。少し会話して解散する予定だったのに。

目をこすりながら、残ったエリーに頼み事をする。

「エリー。四時間後に起こしてくれ」

「畏まりました。朝食はどうされますか？」

「起きた時に食べるよ」

エリーが深々と礼をした後、やがてパタンと部屋の扉がしまった。

「寝るか……」

ベッドにダイブすると、すぐに意識が遠くなる。


徹夜のテンションとは怖いものだ。

それに成果がまるであがらないことも、またいつものことである。

朝食を頂きながら、シャルロッテが描いてくれた組織図を眺めていたが、ダメだこれ。

組織の枠に向け大量の矢印が引っ張ってあって、そこに注釈が書かれているのだけど……。

書き込み過ぎて、何が何やら意味が分からん。

「改めてやり直そう。熱中し過ぎた」

組織図はともかく、シャルロッテが筆記を始めてから二時間か三時間分くらいのものはちゃんと後々使える内容になっている。

この辺りで寝ておけばよかった。

何事も過ぎたるは猶及ばざるが如しだね。

「ヨシュア様？」

やり過ぎたと思ったことで、「はあ」とため息をついたからか、アルルが耳をペタンとして俺の名を呼ぶ。

「いや、別にアルルが何かしたとかじゃない。寝る前のことを思い出して苦笑いしていただけだよ」

「はい！」

途端に耳をピンと立て元気よく返事をするアルルなのであった。

朝食は食堂で食べているわけなのだが、今この場にいるのは俺とアルルだけだ。

昼下がりということもあり、他のみんなは屋敷にはいない。

彼女は本日の護衛だったので、屋敷に残っていたというわけ。

しっかし、そろそろ護衛制度もいらないんじゃないかなと思わなくもないけど……。

アルルもエリーも家事だけじゃなく、他の仕事も任せているから仕事量が心配だ。

だけど、俺の護衛をしている時にはそれなりに休んでもらうことができる。なので、護衛も悪くないかなってね。

護衛がついていたら、ルンベルクたちも安心するようだしこのまま護衛制度は維持した方がよさそうだ。

「よっし、んじゃま、遅くなったけど出かけるとしよう」

「どちらに。向かわれますか？」

「先に鍛冶場に行こう」

「はい！」

ピシッと右腕を上にあげるアルルに笑顔を向ける。

現実的にどんな紙幣を作ることができるのか、ガラムらと相談したい。

確か、明後日（あさって）にガーデルマン伯爵がやってくるはずだからな。どのような貨幣にするのかだけでも当たりをつけておかないと。

まさか、伯爵領とのやり取りを物々交換で行うわけにもいかないからな。

もちろん、実際の貨幣を作るのは後日になるが。

鍛冶場に着くと、うまい具合にいつもの四人……ガラム、トーレ、セコイア、ペンギンが揃（そろ）っていたので強権を発動し全員集合してもらうことにした。

机を取り囲んだ面々に向け、会釈をしてから口を開く。

「集まってもらってすまない。貨幣のことで話がしたくてさ」

「ペンギン殿から聞き及んでおりますぞ。貨幣を作る道具のことでしたかな?」

代表してトーレが俺に問いかけてくる。

「うん。それもあるんだけど、貨幣の仕組みも併せて相談したいんだ」

頷きを返しつつ、一人一人と目を合わすと彼らも俺と同じように首を縦に振った。

ちなみに、全員が椅子に腰かけているわけではない。

アルルは俺の後ろでにこにこと立っており、椅子に腰かけることのできないペンギンは椅子の上に立っている。

アルルには座っていいよとは言ったのだが、護衛なので立っているといつもの返答が戻ってきたから座っていない。

「貨幣は兌換紙幣にしようと思っているんだ。交換比率は公国の価値に換算して、額面と同じ量の魔法金属を当てようと思う」

『なるほど。本位制で行くのかね』

ペンギンが了解したとばかりにフリッパーを上にあげる。

だけど、他の人たちには意図がよく伝わらなかった様子だった。

「馴染みのない制度だものな。辺境国は立ち上げたばかりで、金銀銅ばかりか鉄さえも不足気味だ」

「建築が続いておるからの。仕方あるまいて」

両腕を組んだガラムが応じる。

「それで、公国の金貨銀貨銅貨の代わりに紙幣にしようかなと思っているんだ。紙幣なら、貴重な金属を使わなくても済む」

「紙は紙でまだまだ生産量が少ないですな。しかし魔道具職人も増えてきましたし、増産することは可能ですぞ！」

「木や草なら、まだ鉱物よりは量がある。木材は木材で使うけど、余った切れ端でも紙の材料にはなるしさ」

「ふむ。無駄はないですな」

「それに、紙は今後、大量に必要になってくる。商売をするにも、本を作るにも、記録をするにも、いろいろさ」

「難しいことはよく分からぬが、金銀銅を他に回すことができるのじゃったらそれでよいじゃろうて」

ガラムとトーレは納得したようにうんうんと頷く。

残るセコイアは彼らと違って、眉間に皺を寄せ難しい顔で腕を組んでいる。

「案は悪くはないと思うのじゃが、紙だといろいろ問題があるぞ」

「紙は金銀銅と違って、そのままだと価値がない。なので、紙と魔法金属を交換できるようにしようかと」

「うむ。それは良い考えじゃとボクも思う。紙に金額を書くとしたら、簡単に偽造できてしまうじゃろ？」

「まさにそこを、みんなと相談しようと思っていたんだよ」

「それだけじゃあないぞ。ヨシュア。紙は銅貨と違って、破れるし、濡れると字がにじむのじゃ」

セコイアの指摘した二点――「偽札問題」「紙の強度」が克服できるかどうかは大きな問題だ。

魔法と科学を組み合わせて、これを解決できないか探りたい。

ここに集まった面々でどうにもできなそうなら、紙幣を諦め別の手を考えないとな。

「濡れても平気にする手はありますぞ」

「おお！」

早速とばかりにトーレが何か思いついたようだ。

時を同じくしてガラムも顎に手を当て察しがついたかのように「うむ」と一人呟く。

「樹液や草の汁に魔法をかけると、固まるのです。これらは水を通しませぬぞ」

「おお。それって透明なのかな。じゃないと中身が見えない」

「元の色を保持します。なので、元から透明なものを選べばよいのですぞ」

なるほど。こいつは画期的だな。プラスチックみたいに扱えるってことか。

公国にもあったたっけかなあ。そんな素材。

トーレに続き渋い顔をしたガラムが口を開く。

「余り実用的な素材ではないんだのお。そいつは。何しろ丸一日魔力を込め続けねばならぬ。労力の割に成果がのお」

「大量に素材を準備してからやればそれなりの量になるんじゃ？」

ところが、ガラムは困ったように長い髭を指先で引っ張りながら応じる。

「そういうわけにもいかんのだ。最初からひな形に液体を流し込んでおかねば、後から形を変えることができん」

「削ればいいんじゃ」

「削るのは構わんが、この素材は接着剤でくっつかないのでのお。彫刻に使う者はいるが、道具にとなると殆ど見ないものじゃな」

「魔力か。それなら、バッテリーがあるじゃないか」

「うむ。今回の用途であれば、紙幣を作り、その上からコーティングするように樹脂を塗り魔力蓄積器（バッテリー）に安置すればよいじゃろう」

巨大な魔力を一気に流し込むことは現在の技術では不可能だ。

だけど、微弱な魔力でいいのなら、二十四時間でも流し続けることができるのがバッテリーの強みだな。

あれ、でも待てよ。

ひな形に流し込んで固める。飴（あめ）みたいなもんだと考えると……。

「そうだ。別にわざわざ紙幣を造らなくてもいいぞ！」

「ほうほう？」

突然叫んだ俺に対し、トーレが右眉（まゆ）をあげ目を輝かせた。

更にガラムに加えセコイアまでもが期待の籠（こも）った目で俺を見つめているじゃあないか。

ペンギンは特に変わった反応は見せていない。ずっと俺たちの会話に聞き耳を立てている。

「魔法で固めた樹脂そのものを貨幣にしてしまえばいい」

「それはそれで面白そうじゃが、偽装の問題はどうする？」

疑問を挟むセコイアに対し、指を鳴らしてニヤリと微笑（ほほえ）む。

「本位制を取ったのは、魔法金属ならば少量で済むからだ。鉱石は貴重で、なるべく使いたくない。辺境国にはバッテリーという魔法金属を作り出す装置があるから」

「うむ。魔法金属ならば価値は元の金属の十倍以上になるからの」

「そこでだ。少量で済むことを逆に活かし、樹脂の中に小粒の魔法金属を封入すれば金貨や銀貨と同じことになるだろ？」

「おおお。ヨシュア。やはりキミの首から上は素晴らしいの。そのような考えに至るとは」

椅子から乗り出し机の上まできたセコイアがバシバシと俺の肩を叩く。

地味に痛い……。

それはともかくとして、一度サンプルを作ってみたいな。

『樹液や草の搾り汁は、どのようなものでもよいのかね？』

「大概の種は問題ない。集めてみるかの」

ガラムの補足に、アストロフィツムやスツーカのことを思い出す。

あれらは魔力を加えた場合、別の反応を見せるからな。

特殊な反応を見せるもの、何の変化も生じないもの、プラスチックのようになるものと三種に分かれると見ていい。

一番多いパターンがプラスチックのようになるものって感じだな。

『是非ともお願いしたいです！　ガラムさん』

さすがペンギン、俺と同じことを考えていたようだ。

見たことのない素材だから、使用に耐えるものなのか確認したい。

『ヨシュアくん。ガラムさんとトーレさんの話を聞く限り、プラスチックに似た素材となると推測している。プラスチックはいずれ合成したいと思っていたところなのだよ』

「プラスチックの合成……できるの？」

『プラスチックそのものは今はよいとして、魔力を込めた樹脂がプラスチックの代用となるのならば、画期的だぞ！』

「確かに。現代社会にプラスチックは欠かせないからな」

『だが、重要なことが一つある。検討が必要だ。処分する場合にどうするかだよ』

「魔力を抜けば、元の樹液に戻るってわけじゃあないものな。リサイクルできればいいんだけど……検討課題として記憶しておくよ」

性質がプラスチックと似ているのならば、非常に使い勝手がいい。

プラスチックは水を通さず、容器となるし、軽く、加工もしやすい。

ちょんちょん。

ペンギンと俺の間に割り込んだセコイアが俺の頬（ほお）っぺたをつっつく。

机の上は行儀が悪いぞ……。

「ぷらすちっく？」

「科学にさ、似たような素材があって。魔力を通した樹脂は……そうだな『魔工プラスチック』とでも名付けようか」

「何だか強そうじゃ。よいんじゃないかの」

「は、はは……」

適当に名前をつけたんだけど、セコイアだけじゃなく他のみんなにも気に入ってもらえた様子……。

自分としては微妙な感じがするが、黙っておこう。

「ガラム、トーレ。俺も手伝う。さっそく素材を集めよう。ペンギンさん、バッテリーのリソースを魔工プラスチック作成に一部回せるかな？」

『問題ない。むしろ、全部、魔工プラスチックに回したいくらいだよ！』

パタパタと両フリッパーを上下に動かすペンギンは、今すぐにでも動き出したくてうずうずしているみたいだ。

「ヨシュア坊ちゃん、某(それがし)は金型を作っておきますぞ。硬貨の形にすればよいのですな」

「うん。助かる」

そんなわけで、魔工プラスチックのサンプル作成に動き出した俺たち。

——翌日の夕方。

加工が終わったとのことで、先日のメンバーが集合し魔工プラスチックの鑑賞会と相成った。

机の上に並べられたるは、百円、十円、五百円玉サイズに加工された魔工プラスチック製のコイン。

見た目は透明なプラスチックそのもので、ある種のおはじきみたいに見えなくもない。

持ってみると金属と違って、軽い。

ピンと弾(はじ)いてみたら、軽すぎるためか金属のコインのようにクルクルと回転して落ちるってことはなかった。

床に転がった様子からも、プラスチックを彷彿とさせる。

「重ねて擦ってみよう」

「案外、丈夫じゃな。ガラス……ほどではなさそうじゃが」

「擦っても削れないし、大丈夫そうか。鉄で擦るとどうなるかな」

「ふうむ。多少のことでは割れぬようじゃな。じゃが、銅貨ほど丈夫ではない」

セコイアが百円玉サイズの魔工プラスチック製コインを親指と人差し指で挟む。

ぐぐぐっと力を入れると、ついに中央から割れてしまった。

「え。結構脆くない？」

「ヨシュアもやってみるかの？」

んじゃ俺も真似して。セコイアと同じ百円玉サイズの魔工プラスチック製コインを手に取り、握りつぶすように思いっきり力を込める。

……。

…………。

『強度は問題ないのではないかね？　壊れた場合は交換かね』

「そ、そうだな。は、ははは」

手を開き、コインを机の上に落とす。

折れ曲がる気配もなかったぞ。そのコイン。

「いけそうなので、これにブルーメタル、オレンジカッパー、ミスリルの欠片を封入して金貨、銀貨、銅貨の代わりとしよう」

『ブルーメタルが鉄。オレンジカッパーが銅。ミスリルは銀だね。価値のほどは私には分かりかねる。グラム計測は行おう』

一応の確認といった風にペンギンが素材についておさらいしてくれる。

「ありがとう、ペンギンさん。職人の二人と協力して、その辺お願いしていいかな？」

『承知した』

「貨幣価値の件はシャルとも話しておく。明日に重さを伝えるよ」

よっし。これで貨幣問題は何とかなりそうだ。

バッテリーを使った魔力付与はとんでもない付加価値を生む。発電設備をもっと拡大していきたいところだな……。

「そうじゃ。言い忘れておった」

これで話が終わりかというところで、ガラムが顎髭を指先でいじりながらボソッと発言する。

「何か問題が？」

「魔工プラスチックじゃったか。そいつは炉に放り込むと跡形もなく溶ける」

「おお。そいつは逆に朗報じゃないか。ペンギンさん」

『了解した。蒸発する温度を計測してみよう』

そんなわけで今度こそ、鑑賞会は終わりとなったのであった。

閑話二　ヨシュア追放後のルーデル公国　六十一日目

聖女は祈る。

生きとし生ける者の安寧を願い。

彼女に託された役目は、祈ることだけであった。

神託に従い、政務という名の署名を行っているものの、彼女が何かを判断することはない。彼女が自ら何かを決めているように見える時は、全て神託の下知だった。

ヨシュアを公国から追放したのも神託に従ったまで。そこに彼女の意思はない。

決めるのは神、彼女は神の言葉を伝える。そこに誰かの意思が介在してはならないのだ。もちろん彼女自身の意思も。

聖女に個人的感情があってはならない。だが、胸が締め付けられるような夜を過ごすこともある。

そんな時、いつも彼女の頭の中にいるのは、涼し気な笑みを浮かべるあの人……。

これではいけないと思えば思うほど、彼女の胸は締め付けられた。

苦しい夜に決まって彼女は教会に向かい、朝までずっと祈りを捧げるのだ。

全ては神の元に。全ては神の……。

だが神は、政務に関する全てにお言葉を下賜してくれるわけではない。

だからこそ、公国だけでなく聖教を信奉する各国は何かしらの政治管理機関を持つ。

例えば帝国では「神から俗世の決定権を委託された」として皇帝が全ての権限を保持している。神に代わって皇帝が官吏を選出し、彼らは皇帝の手足となり政務を執り行うのだ。

一方で公国もまたヨシュアに全ての権限が集中していた。彼の手によって、強力な官僚組織ができあがる。他国と異なるのは、地位と能力の差が非常に少ないことであろうか。

ところが、公国は組織ができあがった後、制度改革を行った。

衛生局なら衛生局が、農業なら農業が、それぞれが大臣や局長単位で議論を交わし、決めたことをヨシュアにあげる。

ヨシュアは最終決裁をするのみ。

彼は改革後の新制度について「立憲君主制」と呼称していた。

先鋭的な仕組みを取った公国は政務の速度があがり、細かなことに対しても現場が先手先手を打って対応できるようになったのだ。

頭がヨシュアから聖女に変わったとて、トップが決裁を行うだけという制度自体は変わっていない。公国の仕組み上、彼女はサインするだけで政務が滞りなく進む……ことになっていた。

あくまで仕組み上は。

制度はともかく実態が異なっていた。大臣たちはヨシュアに事あるごとに頼っていたのだ。

また、ヨシュアが自ら動いて実施したことも数え上げればキリがない。

とはいえ、このままヨシュアの治世が続いていたら、制度と実体の乖離（かいり）が無くなっていたかもしれない。

しかし、仕組みが成熟する前にヨシュアが追放されてしまった。そのことが、現在の公国における一番の問題である。

公国の官吏たちは一時大混乱に陥ったが、優秀な大臣たちの奮闘もあり立て直すことに一応は成功した。もっとも、ヨシュア追放前までの状態にまでは回復していないが……。

ヨシュアが不在になってからの混乱は収束する兆しを見せていた。

しかし、「神の慈愛」が原因で、もはや彼らだけでは支えきれない事態になり始めていたのだ。

話は変わるが、聖教を信仰するのは公国だけではない。

公国の北にある帝国。帝国の西にある都市国家連合。帝国より更に北にあるナセル王国。

これらの四か国が聖教を信仰している。

もちろん、聖教を信仰していない国や宗教的中立を守っている国もある。

一つは新興のカンパーランド辺境国。この国は、辺境伯ヨシュアが宗教に対する定めを行っていない。故に街の中には領民がそれぞれ信仰する神々の神殿や教会を作っていた。

他には公国の東、辺境国から見て北にある部族国家レーベンストック。かの国は部族ごとに信じる神が異なる。

また、辺境国に近い体制を持つ国も存在していた。

それは、帝国の東にあるロンギット共和国である。共和国は人間、エルフ、ドワーフが支配者層にいる種族に隔たりが無い国家だ。それ故、宗教的平等が叫ばれている。

衛生局は人員を増やし、懸命に作業を続けていた。

オジュロの懐刀ことヘルムートが全体の指揮を執っていたが、疲弊の色がありありと見て取れた。

一方、オジュロはといえば、日夜薬の改良に精を出している。

そんな折、グラヌールとバルデスが衛生局を訪れていた。

頭髪が乱れに乱れているが、口髭(くちひげ)だけはくるんといつもの調子だったオジュロは血走った目で、彼らを迎え入れる。

奥に通された二人は深々と頭を下げ、グラヌールが代表して口を開いた。

「オジュロ伯。衛生局に多大なる負担をかけ、申し訳ない。各大臣を纏(まと)める者がいないため、人員の異動も滞っている」

「そこは、仕方ありませんな。どこも人手が足りないのでしょう」

「市井から集めるにも限界がありましょう」

今度はバルデスが口を挟む。

ところがオジュロはおどけた仕草で人差し指を左右に振り否定する。

「学校から引き抜いております。若手揃(ぞろ)いですな」

「薬学に詳しい者を？」

「それもありますが、魔法学を学んでいる学生が主力になっておりますな。オジュロX(エックス)の生産には魔法が欠かせませんでな」

「ふうむ。国内だけでも薬の生産が精一杯の状況の中、聖教国家にまで……はやはり無茶です」

「であるからして、吾輩(わがはい)がどうにかオジュロX(エックス)の生産効率化を目指しておるのですが、優秀な助手まで薬の製造に回っていますでな。いや、吾輩だけでも必ずや成し遂げてみせますぞおお」

興奮したオジュロは二人を置いて、研究室へ走って行ってしまった。

残された二人は顔を見合わせ、大きなため息をつく。

「慈悲問題は深刻です……農業の方はどうですか？」

「綿毛病で一時的に働けなくなった人たちの影響が出ております。早期治療のためにも、各領地に薬を行き渡らせたいところです」

グラヌールの問いかけにバルデスが暗い顔で応じる。

そこで首を左右に振ったバルデスは、無理やり笑みを浮かべ軽い調子でグラヌールに返す。

「しかし、グラヌール卿(きょう)。他国へ薬を輸出するとなると大儲(おおもう)けではないですかな？」

「いえ、逆ですよ。国内分さえ確保できない中、同じ聖教を信仰する民として安寧を分かち合おうなんてことは不可能なんです」

「と、申しますと？」

「少ない薬の配分を巡って、却(かえ)って国家間に緊張が走っております。できれば他国にもそれぞれの国で薬を生産してもらいたいところなのですが……」

「派遣する人員はおらず、逆に派遣されてきたとしてもこの状況ですからな。過剰な酷使で薬を生産し続けるなど無理があるのです」

薬を他国へ輸出するなどまではグラヌールとて考えてはいない。

ただ物事には順序というものがあるのだ。

綿毛病は公国だけでなく、帝国やその他の国にまで広がりを見せている。

病に苦しむ領民を抱える各国に、公国が治療薬を開発し実用化したことが知れ渡るまでに時間はかからなかった。

すぐに公国へ薬の提供を願う各国に対し、公国側は交渉を行える人物が存在しないのが仇（あだ）になる。

各国から陳情を受けた聖女は「神の名の下（もと）に民の安寧を願います」とだけ告げたのだ。

この言葉を利用しない各国ではなかった。

所謂（いわゆる）「慈悲問題」はこうして発生する。公国では何ら準備もできぬままに……。

「辺境でも綿毛病が流行しているのでしょうか」

ふと、グラヌールは敬愛するかつての主人のことを思い出す。

「何をおっしゃるか。オジュロ伯がおらぬとも、ヨシュア様が対策を打てぬはずはないでしょうに」

「確かに、バルデス卿のおっしゃる通りです。ヨシュア様ならば鮮やかに解決してみせるでしょう」

そう、ヨシュア様ならば、慈悲問題であっても軽々と解決してみせるに違いない。

ならば、あのお方の大臣たる我らに何とかできぬはずはないのだ。

グラヌールは心の中で決意を新たにし、バルデスと共に衛生局を辞す。

第三章　エイルの請願

シャルロッテと一緒に徹夜してから、二日が経過した。

「お、おお」

アルルと目を合わせ、驚きの声をあげる。

彼女は表情にこそ出さないが、虎柄の耳がピクピク動いて興味津々といった様子を隠せていない。

子供っぽいことを気にしていたみたいなので、はしゃぐことを我慢しているのかな。

台車の上でくすりとしても締まらないったらありゃしない。

それに、持ち手を掴（つか）む丸太のような腕をした豹（ひょう）頭を余り待たせるのも悪い。

彼らには忙しい合間を縫って来てもらっているんだからさ。

一方、呼び出したもう一人……彼の傍（そば）にいるバルトロは腕を組み、俺たちの様子を楽しげに見守っている。

「どうでしょうか？」

「元が分からないから、どれだけ改善したのか俺だと何とも言えないな」

「んじゃ、借りてくるか。今までのと乗り比べれば分かるんじゃねえか」

片目を閉じたバルトロはさっそく動き出そうとした。

それに対し、右手を上げ待ったをかける。

「それなら、使っている人に試してもらった方が話が早いな」

「確かにな。ガルーガ、そのまま押して行くか？」

「そうしよう」

二人のやり取りにポンと膝を打つ。

俺たちが今いるのは館の庭だ。改良したゴムを使った台車の実験をしていたのだけど、揺れが軽減されたのかどうも分からん。

構造の分からないサスペンションもどきは別として、タイヤに関しては以前より良い感じになっているはずなんだ。

何しろ木製の車輪から、ゴム製に変えたからな。

車軸も鉄に変更したから強度も増したはず。しかしながら、鉄は不足気味でさ。露天掘りで鉄がわんさか取れる鉱脈でも発見できればいいんだけど……。

鉱石を発見したとしても、深くまで掘り進めなきゃいけないとなると、なかなか採掘が進まないからなあ。

鉄は金属類の中だと最も発見率が高い。なので、小さな鉱脈ならちょこちょこ発見し、実際に掘り進めてはいる。

こう、容易にサクサク採掘できて含有量も多くてウハウハな鉄鉱脈を発見できないものか。

そんな都合のいい話があるわけもなく、道具の整備と運搬手段の改善を行うなどして効率をあげていかなきゃな。輸入するのも一つの手だ。

この後、ガーデルマン伯爵が来ることになっているからちょうどいい。

そうそう、ゴムタイヤは中に空気を入れて膨らますタイプではなく、木製の車輪に厚手のゴムを貼り付けたものなのだ。

ゴムの厚みを増せば更なる振動軽減ができるかもしれない。

空気で膨らませるタイプのタイヤの方が素材も少なくて済み効率的じゃないかって？

仕方がない。まだ技術的に難しかったんだ。

何かしらの魔道具があればいけるかもしれん。どんな魔道具なら良いのかアイデアを募るとしよう。もちろん、俺も考えるけどね。

「うわっと」

「ヨシュア様」

台車が動き出したことでよろめく俺をアルルが全身で受け止めた。

「すまない。ヨシュア殿」

「いや、ぼーっとしていた俺が悪い」

台車を押したガルーガが謝罪の言葉を述べる。

対する俺は首を左右に振り彼に向け苦笑した。

「動かしていいか？　ヨシュア殿」

「うん」

「ガルーガ。俺が先行する」

パチリと指を鳴らしたバルトロが台車の前に出る。

バルトロが門を開けると、台車がすううっと動き出す。

門から延びる石畳の道に自然と顔が緩む。みんな本当によく頑張ってくれたよな。

ゴムタイヤだからか、ガラガラという音も木製のものに比べたらかなり軽減されている。

石を切り出すのに使う道具を、ガラムがミスリルだっけか、魔法金属で作ってくれたから工事も早く済んだってポールが言っていた。

だけど、ずうっと視界の先まで延びる石畳の道を敷設するというのは、一朝一夕にできることじゃあない。

工事車両を使ったとしても、かなりの時間を要する。それを全て手作業でやったのだから、この道だけでも俺は領民を誇りに思うよ。

もちろん、それだけじゃあない。

立ち並ぶ民家にもまた胸が熱くなる。同じ規格で作ったからか、整然とした綺麗な街並みになっていると思う。

「どうしたの？　ヨシュア様？」

「うん。街並みを見てさ。感慨深くなって」

「ヨシュア様が。街を作った、のに？」

「俺は指示を出しただけさ。実際に汗水垂らしたわけじゃあないよ」

「ううん。ヨシュア様が。いたから。みんな、がんばれたの。アルルは見ていただけだけど」

「アルルも街の発展のために、いっぱい頑張ってくれたよ。ありがとうな」

「えへへ」

えらいぞーとばかりにアルルのふわふわの頭を撫でる。

彼女はうにゅーと目を細め、嬉しそうに口端をあげた。誰かと違って涎は垂れていない。

「そういや、ヨシュア様。ポールから聞いたんだが」

「ん？」

頭の後ろに両手をやったバルトロが、行儀悪く顎で右斜め前の民家を指し示す。

何だろう。分かりやすいように区画と目的別に屋根の色を分けたことかな。

先日、病院にと思って急ぎ建てた建物の屋根を白く塗ってもらったけど。

正直、分かりやすくて整った感はあるけど、機械的で情緒がないかもしれないと思うと、いいところばかりじゃあないんだよね。

「ゼロから作るってことで、家族向けやら一人用やら民家も商店も形を決めただろ？」

「うん。形が同じなら材料を無駄なく使えて、どれくらい建材があればどれくらいの家が建つか分かりやすい。同じものを作るなら作っていくうちにスピードもあがる」

まさに効率重視だ。早急に家を建てる必要があったからな。

何もないところに大量に領民が押し寄せたんだもの。人それぞれの趣味に合わせて趣向を凝らした家なんて待っていられなかったんだ。

「それだぜ。ヨシュア様。規格を統一？　だったか」

「そのことか。公国でも一部採用していたんだけど」

「作業分担ができるし、指示を出す必要もないから、えらく作業が早くなったようだぜ」

「保管もしやすくなるんだぞ」

「ヨシュア様の指示があったから、いろんなところでより少ない人数で、大きな成果を出してるんだぜ」

「は、はは。ありがとうな。バルトロ」

バルトロは言葉で語ることが余り得意ではない。だけど、俺が「指示を出しただけ」と苦笑していたから、彼なりにフォローしてくれたんだ。

俺はこんないい奴らばかりに囲まれて暮らしていくことができている。人材とは人財だと言うが、心からそう思うよ。

人というものは何物にも代えがたい。どれだけ贅沢な暮らしをしようとも、ギスギスした人間関係の中で生きていくとなると胃に穴が開きそうだ。

それなら、誰もいないところでひっそりと暮らした方がまだましだろう。

確かにバルトロの言うように、木材を切り出した時に俺は規格統一するように指示を出した。

現代日本では、あらゆる物の規格が決まっている。ネジの長さであったり、電球のソケットであったり。

木材にしても規格サイズというものがある。

規格サイズがあれば、量産でき作業効率が上がる分、お安く提供できるようになるんだ。

公国でも挑戦してみたけど、バラバラサイズの物が溢(あふ)れすぎていて中々上手(うま)く浸透しなかった。

だが、まだ何もない辺境であれば話が異なる。

最初から規格統一してしまえば、以後もそのまま行くことができるってね。

中央大広場が近づくにつれ、俺たちについてくる人が増えてきた……。

どうしたもんかなこれ。


いつの間にか謎のパレードみたいになっている。

広場に入ると集まってきた領民の一人が俺の名を叫び、それにつられて一斉にヨシュアコールが巻き起こったのだ！

もはや、群衆に取り囲まれて自分の名前を連呼されることに対して、羞恥心(しゅうちしん)が刺激されるってことはない。

何度も演説を繰り返しているからさ。

だけど、台車だぞ。台車。

乗り物でもない台車の上でアルルと肩を寄せ合っている状況で、ヨシュアコールはさすがに慣れた俺であってもくるものがある。

「みんなー。道を空けてくれー」

呼びかけるとささーっと群衆が割れた。

「ガルーガ、少し速度をあげて欲しい」

「了解した」

ガルーガの太い腕に力が籠る。

う、うおっとお。自分で頼んでおいて何だが、一気にスピードがあがったので後ろ向きの圧が。

囲いなんてものはないから、転がると下に落ちてしまう。

ぽすん。

しかし、アルルが俺の体を自分の体で支えてくれた。

「ありがとう。アルル」

「ぎゅーと、する?」

恐らくコテンと首をかしげて尋ねているだろうアルルだったが、既に後ろから密着されている。

いやまあ、いくら俺でもそうそうよろけるなんてことは。

斜めになった体をアルルが自分の体で押し返してくれた。

「すまない。ヨシュア殿」

「いやいや、大丈夫大丈夫。もっとだーっといっちゃってもいいよ」

うおおおっと。

またしても倒れそうに……はならなかった。アルルがいるからな。

は、ははは。

速い速い。すごいぞ。ガルーガ!

アルルが支えてくれているから、がくんとしても安心安全、ビクともしない。

ふむ。速度があがっても馬車と比べると、揺れがそれほどでもないな。

広場を抜けたところで右のフリッパーをあげるペンギンと遭遇する。

っと。それはいいんだが、ガルーガが急に速度を落としたものだから思いっきりつんのめ……らない。

アルルが後ろからがっしりと両手で抱きしめてくれたからな。

『お、人だかりがあると思ったら、ヨシュアくんじゃないか！』

「かわいい」

アルルがそんな言葉を漏らすのも頷ける。

ペンギンは背もたれのないベビーカーのような台の上に乗っていたからだ。

後ろの持ち手を掴むのはエリーで、ここまでペンギンを押してきてくれたのだろう。

ペンギンの乗る背もたれのないベビーカーもどきは、特別製なんだ。こっちの車輪は魔工プラスチックで作られている。

現代日本のベビーカーは確かプラスチック製だった記憶で、それならこっちの世界でも作ってみるかとなった。

プラスチックだと重たい物を載せるのには向いていないけど、ゴム製よりお手軽でスムーズに動かせるようなら実用化したいと思っている。

用途はベビーカー以外にも、例えばちょっとした荷物を運ぶトランクの車輪とかに使えるんじゃないかってね。

「ペンギンさん、乗ってみた感じどうかな？」

『悪くない。本格的なベビーカーにするには何かと足りないが、キャリー用に使うならフレームだけにして紐（ひも）で縛れば使えそうだ』

「俺も同じことを考えていた。キャリカートならすぐにでも実用化できそうだよね。魔工プラスチックは金型さえ作ればあとは固めるだけだから、量産もできそうだし」

同意するようにペンギンがパカパカと嘴（くちばし）を打ち鳴らす。

ご機嫌そうな彼はよいのだけど、エリーの様子が気になる。

彼女は持ち手を握りしめたまま、うつむいてぶつぶつ何か言っているのだ。

たぶん、鍛冶（かじ）場からここまでベビーカーもどきを押してきたのだから、疲れちゃったのかもしれない。

ペンギンはそれほど重たくはないとはいえ、ベビーカーもどきの台車は押しやすいようにはできていないだろうし。

力の方向を間違えると、浮き上がっちゃいそうだからな。前かがみになるし、腰にもきそうだし……。

「エリー。座って休んだ方が」

「わ、私もヨシュア様と……い、いえ、さすがにそれは……で、でもアルルだって……」

「おーい。エリー」

「……！　ヨシュア様！　も、申し訳ありません。つ、ついぼーっとしてしまいまして」

がばっと顔をあげたエリーの顔は火照っていた。

「体温があがっちゃってるんじゃないか？　脱水も心配だ」

すとんと台車から降りて、膝(ひざ)を曲げエリーの顔を下から覗(のぞ)き込む。

「そ、そのようなことは。ぜ、全然平気ですうう」

「熱があるんじゃないか？」

「……っ！」

エリーの額に手を当て、自分の額にも同じようにしてみる。

ちょっと熱いようなそうでもないような……。

「うーん。軽い脱水症状かもしれない。アルル。水筒を」

「はい！」

台車からぴょこんと飛び降りたアルルが、腰から吊(つ)った水筒をエリーに手渡した。

「体力が有り余っているセコイアに任せればよかったのに。彼女なら取っ手を押すのに背丈も丁度いいだろう」

「ヨシュア様。エリー。疲れてない、よ？」

エリーに向けて「ね」と目配せするアルルに対し、彼女は口元をわなわなとさせる。

いやいや、鍛冶場からここまで手ぶらで歩いてきてもなかなかよい運動になるんだぞ。

「アルル。疲れていることにしましょ、ね？」

「でも、エリー。あ、分かった」

「わ、分からなくていいの！」

「ヨシュア様。エリー」

「きゃああ」

やんやとやり取りしていた二人だったが、急にエリーがアルルを後ろから抱きしめ、彼女の口を塞ぐ。

ギシギシといやーな音が聞こえてきて、アルルの猫耳がペタンとなってしまった。

「いたい」

「ご、ごめんなさい」

パッとアルルから体を離すエリー。

一方でアルルは口元に人差し指を当ててこちらに顔を向ける。

「エリー、ヨシュア様を。抱きしめたい。って」

「ん。アルルに代わって俺を支えたいってこと？」

「うん！　ね、エリー」

「そ、そんなことはありありませんんですっ！　け、決してヨシュア様の華奢なお体に触れたいなどとは」

エリーが持ち手を握りしめ、もじもじと体を揺らす。

バキイイ。

派手な音をたてて、木製の持ち手が折れてしまった。正確には取っ手が握りつぶされている。

「ご、ごめん。持ち手に使った木は腐っていたみたいだな」

「い、いえ。こ、壊してしまい……申し訳ありません」

「いや。怪我が無くてよかった」

たははと微妙な顔で後ろ頭をかく俺の額から冷や汗が流れ落ちた。

エリーが手を開くと、パラパラと木片が舞う。

「ヨシュア様、それ腐ってな……むぐう」

「ま、まあいいじゃないか。うん」

アルルの口をむぐうと両手でおさえ、この場を収める。

『しかし、これはこれで』

ペンギンがベビーカーもどきの上に乗ったまま、足を上下にパタパタと揺らす。

地面を蹴りたいように思えるんだけど、届いてはいない……。

「ペンギンさん。スケートボードみたいにはいかないと思う。形状的に」

「スケートボード？　おもしろそうだな。それ」

ずっと俺たちの様子を見守っていたバルトロが興味を惹かれたらしく、顎髭に手を当てながら口を挟む。

「こう、これくらいの板にプラスチック製の小さな車輪をつけてさ。足で押して進むんだよ」

「へえ。そいつは楽しそうだ。公国には無かったよな」

「うん。ローゼンハイムは階段も多くて往来も結構あったから。ぶつかると危ないと思ってさ。それに、スケートボードは舗装された道じゃないと走行できないから」

「なるほどな。子供が好きそうだもんな」

片目をつぶり親指を立てるバルトロに頷きを返す。

乗り物好きな彼のことだ。スケートボードがあったら、真っ先に飛びつくと思う。

お世話になりっぱなしだし、ペンギンさんと相談しながらトーレに作ってもらうのもありだな。

颯爽(さっそう)とスケートボードを乗りこなすバルトロの姿を想像したところで、騒々しい鐘の音が鳴り響く。

カーンカーンカーン。

三度。そして、一分ほどのインターバルを空けて同じく三度。

ルンベルクとバルトロが指揮して作ってくれた物見櫓(やぐら)の鐘の音だな。

敵襲や火災などの危急の場合はカンカンカンと短い間隔で打ち鳴らす。今の鳴り響き方は俺専用の特別な合図である。

「来客が街に着いたみたいだ。バルトロ、ガルーガ、この後のことを任せてもよいかな？」

「おう。台車を使っている……となればトーマスのところでいいか」

「うん。トーマスさんなら、彼本人じゃなくても誰か別の人を紹介してくれるよ」

「分かった。んじゃ、台車はこのまま運んで行くぜ」

「頼む」

バルトロと手を振り合い、彼らは農地の方へ。俺は反対側である屋敷へと向かう。

護衛であるアルルも連れて。

「エリー、ペンギンさんもまた後で」

「畏まりました」

『ヨシュアくん。また相談したいことがある。そのうち』

エリーとペンギンとは屋敷の前で別れる。

彼らは屋敷から北へ進み、鍛冶場へと戻る予定だ。街から鍛冶場までは水道橋から続く工事の折に石畳の道を敷設している。

元々馬で移動していたからそれほど違いを感じることはなかったけど、ルビコン川の向こうから切り出してきた鉱物を運ぶとなると話は違う。

台車にしろ馬車にしろ、道が有ると無いじゃ効率、労力の面で大きく変わるからな。

最終的に各鉱山や石切り場など素材を採掘する場所から街の中まで、全てしっかりとした石畳の道を通したい。

街の中に関しては概ね完了しているので、次はどこに道を通すかだな。風車がある方面に延ばすことも捨てがたい。

あちらは交易路になるから、今後街道となる予定である。

どれくらいの往来があるかにもよるけど、積極的に行商人たちに来てもらうためには道の整備は必須だろう。

「うーん。先に街道かなあ」

なんてことをぼやきつつ、屋敷の門をくぐった。

「お待ちしておりました。客人は先に通しております」

門を入ったところで、燕尾服に身を包んだルンベルクが深々と優雅な礼をする。

いつもながら、所作一つ一つが決まっていて惚れ惚れするよ。俺は彼のオールバックが乱れた姿を見たことがない。

優雅な立ち振る舞いはともかく、俺も彼くらいの年齢になった時ワインが似合うダンディーな男になれるのだろうか？

……ちょっと難しいかもしれん。

「どうしたの？　ヨシュア様？」

「いや、何でもないんだ。俺は俺にしかなれないって再確認したまでさ」

「ん？　んん？」

「アルルがエリーになれないのと同じことさ。俺は俺、アルルはアルル。それぞれ良さがあるってさ」

「うん！」

ビシッと右腕を上にあげて尻尾もピンと立て返事をするアルルであった。

ついつい撫でたくなる素直さだ。子供っぽいという人がいるかもしれない。だけど俺はアルルのこういうところを好ましく思っている。

彼女の過去は知らないけど、今こうして素直に意見を言ってくれて、笑みを浮かべてくれているのなら、俺は大満足だ。

推測に過ぎないが、彼女の過去は決して明るいものじゃなかったんじゃないかなと考えている。

彼女の歳に比べて幼い考え方、男女の機微をまるで分かっていないところは、過去の環境がそうさせているはず。

あくまで主観で身勝手な考え方だけど、不自由なく育っていたのなら、年相応になるのではないか？

辛い過去があれば、大人びるかその逆になるかどちらかの可能性が高くなるんじゃあないかって、ね。

「アルル」

「はい！」

「会談が終わったらグアバジュースでも飲むか？」

「すっぱい……ヨシュア様も飲むの？」

「ちょうど疲れてくる頃だし、酸っぱいのも目が覚めてよいもんだぞ。ビタミンCも沢山入っているからな」

そう言ったものの、できる限り避けてきたグアバジュースの味を思い出しアルルに見られないよう顔をしかめる。

もうちょっとこう、まろやかにならないものかなあれ。

あ、そうだ。カエデのメープルシロップを混ぜればいい感じになるんじゃないか？

レモネードみたいになればおいしくいただけそうだ。どうして今までこの発想が無かったのか、自分でも不思議に思う。

よおっし、後で試してみよう。

「ヨシュア様。どちらと先にお会いいたしますか？」

「どちらと？　二組も来客が？」

館の中へ入ろうと一歩進んだ時、出し抜けにルンベルクが思ってもみないことを言う。

ついオウム返しのように聞きかえしてしまったが、一体どういうことだ？

「はい。一方はヨシュア様が事前に連絡を取っておられたガーデルマン伯爵です」

「もう一組は？」

「公国の方ではありません。お通ししてよいものか、お聞きすべきだったかもしれません」

「いや、どのような人でも、公国を含めた他国から商談をしたいと話しにきた人は通してくれと俺が頼んでいるんだから、『通す』で間違っていないよ」

「恐れ入ります」

んー。どっちからと言われると迷うな。

どちらを待たせてもよろしくないのだが、訪問時間を決めておくなんてことができないのだから仕方ない。

早馬を走らせ事前告知することはできるけど、国家間の重要会談でもない限りそこまで大掛かりにすることもないだろうし。

そうだなあ。ガーデルマン伯だったら――。

「シャルはガーデルマン伯と一緒にいるのかな？」

「左様でございます」

「じゃあ、シャルに伯と話を詰めておいてくれと伝えてもらえるか。遅れて申し訳ないとも」

「承知いたしました」

予想通り、シャルロッテが激務の合間を縫って既に駆けつけてくれている。

ガーデルマン伯との会談をセッティングしてくれたのは彼女だから、きっともう来ていると思っていたんだ。

もちろん、同席してもらうよう彼女に依頼はしていた。

だけど、彼女だって鐘の音を合図に屋敷に集合という手筈になっていたから、まだ到着していない可能性もあったのだ。

◇◇◇

客間にはエメラルドグリーンのウェーブのかかった長い髪の少女が控えていた。

額からはぴょこんと薄黄色の触覚のようなものが伸び、背からはアゲハ蝶のような鮮やかな翅が見える。

桜色のワンピース一枚だけを着て裸足のままのその姿は、おとぎ話の中から飛び出してきたかのようだ。

公国ではまず見ない種族だが、俺は一度だけ会ったことがある。ええと、何だっけか。

考えている間にもフワリと腰かけた革張りのカウチから浮き上がり、こちらに体ごと向きを変えた彼女がペコリとお辞儀をする。

「お噂はかねがねお聞きしております。賢公ヨシュア様、お初にお目にかかります。アールヴ族のエイルと申します」

「カンパーランド辺境国、辺境伯のヨシュアです。遠路はるばるお越しいただきありがとうございます」

返礼をしながら思い出す。そうだった。アールヴ族だ。

フェアリーにも似たアールヴ族は辺境国の北にある部族国家レーベンストックの深い森の中に住む種族だったはず。

女性だけの種族で、フェアリーと異なり、背丈は人間より少し小さいくらいで、ドワーフやノームよりは高い。

レーベンストックがわざわざ俺と取引をしようとは、一体どういう風の吹き回しだ？

「アールヴ族の代表として来られたのですか？　それともエイルさん、個人として？」

「レーベンストックの代表としてこの地に参りました」

意外な回答にギョッとする。興味本位で辺境国を遊覧しにきたわけでもなく、アールヴ族の族長

として何かを告げに来たわけでもないらしい。

部族国家レーベンストックはその名の通り部族がより集まって構成されている国である。国として一つにまとまっているというよりは、部族同士の緩い同盟関係により防衛協定が結ばれている、という表現がしっくりくる。

部族はそれぞれ独立して独自の政策を布いており、部族によって決まり事が大きく異なっていた。彼らは対外政策に関してのみ、部族間会議で議論し合議した結果を反映する。他国に対しては原則友好的な中立を保つとしていた。

アールヴ族としてではなく、レーベンストックとしてとなると……大事である可能性もある。

「辺境国は成立したばかりの国です。未だ一つの街を建設している最中といったところですが」

「恥を忍んで、なりふり構わず申し上げます」

お、おいおい。

まさか、「オレオマエマルカジリ」とかそんなことを言い出すんじゃないだろうな。

こちらはまだ防衛手段を持ち合わせていない。

いや……辺境国を攻めたところで何らうまみはないな。彼らはこれまで対外戦争を行ってこなかった。

戦争自体は歴史上何度も行っているが、全ては自らの領域を守るため。

彼らは土地を広げることに興味はない、はず。

高速で脳内に考えを巡らせているとエイルが人形のような整った顔をふせ、一度だけアゲハ蝶のような翅を震わせる。

「助けてください。私たちを」

「俺たちを攻めて……え？」

「どうか……このままでは……助けて、お願い……ヨシュア、さ、ま」

「どういうことだ？　成熟した国家であるレーベンストックになくて辺境国にあるものなんて、そうそう思いつかないぞ」

口調の体裁を整えず、心から絞り出すような彼女の言葉は、嘘偽りを述べているようには思えない。

だが、何で？

「ございます。レーベンストックになくて辺境国にあるものは」

「なんだろう……電気かな」

「デンキ？　無知な私は、それを存じ上げません。ですがデンキなるものではありません」

「ええ、そうですよね……」

場を和ませようとしたのが不味かった。冗談のつもりだったのだけど、電気なら他国にはないだろうという考えもあった。

電気のことは、別に機密情報でもなんでもない。使いたければ使ってくれていい。

「雷獣を狩るぞ」とか言われると話は別だけど。

「『ヨシュア様』です。辺境国にあってレーベンストックにないものは」

「あなた様がレーベンストックに来てくだされば、どれほどの幸福がもたらされるか」

「え、ええっと……」

どう反応したらいいんだこれ？

冗談に冗談を返したつもりか分からないけど、目が笑ってない。

「ダメ！　ヨシュア様ー！　アルルも行く」

向い合わせにそれぞれのカウチに座る俺とエイルの間に宙を舞って降り立ったアルルが、両手をめいっぱい開き、叫ぶ。

ぶるぶると首を横に振る彼女は目に涙を浮かべ、今にも声をあげて泣きだしそうな様子だった。

「アルル。俺が一人でどこかにいなくなってしまうことなんてないよ」

「ほんと？」

「うん。辺境に来た時だって、みんなに相談してからにしただろ。どこに行くにしても、同じことだよ」

「うん！」

「この先、オラクルを離れることもあるかもしれない。だけど、俺はここが自分の家だと思っているんだ。そこにはアルルたちもいて欲しいな」

安心させるようにアルルの背中に手を回す。

一方で彼女はぎゅっと俺の服を掴み、顎をあげ俺を見上げる。満面の笑みで。

「仲がよろしいのですね。ヨシュア様は気さくな方だとお聞きしております。実際その通りのご様子で」

「すいません。客人の前で」

エイルは口元に手を当てて上品に微笑む。彼女の動きに合わせて額から伸びる触覚も半ばから折れる。

こんな表情もするんだと、こちらも和んだ……のだが、彼女の次の発言で肝を冷やす。

「いえ、心が温かくなりました。ヨシュア様は公国の盟主であられたのに、人間以外の種族も囲われておられるのですね」

「か、囲ってません……」

なんてことを言いやがるんだ。

アルルから体を離し、ぼすんとカウチに座る。むっとした顔にならないよう、変に力を入れたせいか唇がぴくぴくしてしまった。

幸いなことに、アルルは何のことか分かっていない様子だったので、まあ良しだ。

「申し訳ありません。つい、ヨシュア様のご様子に微笑ましい気持ちになってしまい。失礼な発言を」

「いえ、こちらこそ会談の場で」

「聖教国家の貴族は、人間純血主義を採用されている家が殆どだと聞いておりましたもので」

「確かに。聖教は他種族に寛容ではありますが、支配層の殆どは人間です。少なくとも公国では」

「公国で国教制度を廃止されたりと、ヨシュア様はそれを変えようとなさっておられたのですか？」

「うーん。何事も強制したくない。人間だろうが獣人だろうが、アールヴ族だろうが、自由意志によって選び取れる社会にしたかった」

これは本心からだ。

だけど、経済的な側面からという打算的な想いもある。

国教制度は聖教を半ば強制するものだった。それでは思想の範囲を狭めてしまうし、聖教を信仰していない領民にとっては生き辛い社会になるだろう。

事実、国教制度を廃止してからいろんな種族が公国に流入し、彼らがもたらすヒト、モノ、カネが多大なる発展を促してくれた。

さて、前置きはこれくらいで。

さぐり合うのは好きじゃあない。なので、ズバッと聞いてしまうぞ。

「助力を仰ぎたいとのことですが、辺境国は先ほども申しました通り成立したばかりの国です。資源もレーベンストックに比して天と地ほどの開きがあります」

「公国で端を発した『はやり病』のことはご存知でしょうか」

それか！

レーベンストックにまで綿毛病が広がっていたんだな。

彼らはまだ綿毛病の対応策を講じることができていない。なので、辺境国を頼ってきたというわけか。

「体中に綿毛が広がる奇病のことでしょうか？」

「はい！　辺境国にまで魔の手を？」

「ええ。幸い、対応策を打つことができましたので、現在はほぼ収束しております」

「や、やはり、ヨシュア様こそ、辺境国にあってレーベンストックにないものです！」

「買い被り過ぎです……。きっと公国でも病を克服していますよ」

「はい。公国では特効薬が開発されました。しかしながら、はやり病は公国だけでなくレーベンストックにも帝国にも全世界的な広がりを見せております」

「手一杯ってわけか……」

彼女の言葉から察するに、レーベンストックは辺境国にまで綿毛病が広がっていることを知らなかった。

だけど、俺がいるから藁にもすがる思いで辺境国にまでやってきたというわけだ。

しかし、さすがはオジュロ。綿毛病の特効薬を開発していた。

「公国内でも薬は未だ行き渡っておりません。そんな中、彼らは聖教国家に対し薬の供給をしているのです」

「そいつは、確かに余裕なんてないだろうな……。量産体制を取るために相当の人員を割き、他国からも技術者か魔法使いか……必要人員がいかほどなのかは分からないけど集めなければ……」

迅速に政治的な決定を行い、必要な資金と人材をかき集めなければ、とてもじゃないけど他国にまで薬を供給するなんてことは不可能だ。

公国は難しい判断を迫られる。

辺境国はオラクルの街一つだけを見ていればよかった。ある意味、一つの街だけで隔離されている状態なので広がりようがない。

公国だと広大な地域に人々が分散しているので、辺境国と同じ人数を治療するだけでも数十倍の労力がかかる。

「レーベンストックでは、今日もまた病で命を落とす者が出ております……」

「心中お察しいたします。状況をお聞かせいただけますか？」

レーベンストックのような大国を辺境国のリソースで何とかできるのか？　と問われると正直首を捻る。

だけど、遠路はるばる俺を頼って来てくれた人をそのまま帰すことなんて、俺にはできない。

「ふうむ。なるほど……」

顎に手を当て、指先で唇をつまむ。

エイルの説明からすると、レーベンストックの事情は深刻である地域とそうでない地域の差が激しい。

原因は綿毛病の至適生息環境に起因すると思われる。

全種族の特性を知っているわけではないので、「正確ではない」と前置きするが、綿毛病の原因胞子であるバンコファンガスが最も好む環境は人間ではないだろうか。

レーベンストックは、様々な獣人やアールヴのような妖精に似た種族まで多くの部族で構成されている。

部族の人口もまた多様なのだけど、最も多いのが犬族とネズミ族。続いてアルルと同じ猫族と兎族。

少し離れてガルーガと同じ豹族、熊族と続く。

アールヴは全て女性で構成されているので、熊族より数が少ない。

だけど、七大部族の一つに数えられるほどであった。これ以外にもフェアリーや獅子といった少数部族もいて、彼らもちゃんと部族間会議に代表を送り込んでいる。

さて、綿毛病に話を戻すと、魔力が総じて人間より少なめの熊族、豹族は比較的無事だそうだ。

原因はなんとなく分かった。

バンコファンガスが繁殖すればするほど、魔力を消費する。更に重篤化して本人の体力が落ちると体内に取り込む魔力量が激減するのだ。

つまり、魔力が少なめの種族の綿毛病が重篤化すると、バンコファンガスが生育できなくなる。

なので、結果的に回復するのでは、と推測したわけだ。

これとは逆に、人間に近い魔力を持つ犬、猫、ネズミ、兎は最も被害が顕著である。

また、アールヴ族とフェアリーは人間より高い魔力を持つ。なので、罹患する人としない人にハッキリ分かれているそうだ。

エリーやセコイアがバンコファンガスを受け付けないのと同じ理由だな。

エイルもバンコファンガスが生育不可能なほど高い魔力密度を持つ。

「現状、『はやり病』に感染した者を専用の屋敷に連れて行くこと、くらいの対策しかできておりません」

「隔離病練か……種族ごとに分かれてでしょうか?」

「はい。各部族は広大な地域をそれぞれ縄張りとしていますが、全部族が同じようにしております」

「なるほど。病気に対する知見がある人が指示を出していたんですね」

「僭越ながら、私が発議いたしました。少しでもはやり病の拡大を鎮めることを目的として」

「それなら何とかなりそうですよ!」

グッと両手を握りしめ、力強くエイルに返す。

対する彼女は感極まった様子でぽろぽろと涙が溢れ落ちていた。

エイルに医学的な知識があるのかは分からない。経験上、隔離する選択を取ったのかも。

というのは、地球の歴史を振り返ると理解しやすい。

黒死病が流行した古代世界、中世世界では、罹患者を一か所に集めた。

当時、科学的な知見に基づいて隔離が行われたわけじゃあないだろう。しかし、彼らは経験則として、隔離が病の拡大に対して有効な手であると分かっていたんだ。

なので、彼女が隔離政策を発議したのも、驚くべきことでもない。

だけど、人それぞれの意思がある中、強制的に移動させるのはなかなかもって難しいことなんだ。

実行できたということは、レーベンストックはそれだけ部族ごとの統制が取れている証左となる。

隔離を実行できたことこそ、驚くべきことだな。

「我らが民を救うことができるのでしょうか……？」

「治療の手はあります。私たちが病を克服したやり方をお伝えします」

　秘匿して高値で売りつけようなんて気は毛頭ない。

　辺境国は黎明期で自国のことで手一杯である。ガーデルマン伯らと商取引を始めようと思っているけど、それは急激に増える人口に対して食糧や資源の不安があるからだ。

　ちゃんと別の商品候補は見繕ってある。

　綿毛病の治療法を辺境国内のみに留め、レーベンストックの患者の治療に大金を取ること自体は可能だろう。

　しかし、辺境国では他国から患者を受け入れるほど余裕はない。さらに、患者の移送も問題だ。破綻が見えていることを商売になんかしても意味はない。それに、むざむざ救える人を見捨てるなんてことはしたくないんだ。

　甘い考えと言われるかもしれないけど、今回のことでレーベンストックと国交を開くことができれば十分実入りがある。

　エイルはあっさりと情報を開示すると言った俺に対し、大きな目を更に見開き驚きを隠せない様子。

　彼女は指先と翅を小刻みに震わせながら、口を開く。

「貴重な情報を惜しげもなく……必ずや辺境国に御恩を返させて頂きます事をお約束します」

「期待されるほど大したことはできません。辺境国はきっかけを支援するだけです。病を克服するのはあなた方なのです」

「私たちに、できるのでしょうか。私たちにはあなた様のような賢人はいません」

「大丈夫ですよ。きっと、うまく行きます。ですが、魔力の扱いに慣れた人が多数必要です。ご用意できそうですか？」

「もちろんです！　アールヴ族とフェアリー族の精鋭を投入させていただきます！」

よし。

サンプルに魔力計測器をいくつか提供して、魔力密度の計測をできるようになってもらおう。

魔力計測器が作れずとも、人力で魔力密度を計ることができれば何ら問題はないからな。

「すぐにでも動きたいところなのですが、今しばらくお待ちいただけませんか？　すぐに知見のある人を呼びます」

「急いでくださるお気持ちだけで、胸いっぱいです。このままここでお待ちしてもよろしいでしょうか？」

　エイルに頷きを返し、今度は後ろで控えるアルルへ顔を向ける。

「アルル。セコイアかペンギンさんを呼んできてもらえるか？」

「アルルは護衛」

「そうだった！　え、ええと。ルンベルクに護衛をしてもらえばいいだろう？」

「はい！　わたしは鍛冶場？」

「うん。頼む」

再び前を向き、エイルに向け会釈してから立ち上がった。

「しばしここでお待ちください」

「承知いたしました」

エイルも腰を上げペコリとお辞儀をする。

ちょうど部屋を出ようとしたところで、ルンベルクがお茶菓子を持ってやってきた。

テーブルにお茶とお菓子を置き、アルル、ルンベルクと共に部屋を辞す。


ルンベルクに事情を説明しつつ、待たせているガーデルマン伯爵の元へ向かう。

俺の説明を聞いた彼は絹のハンカチを目元に当て、「ヨシュア様！」と呟いていた……。

「ルンベルク……」

「ヨシュア様の深いお考え、なにより危急の者を助けたいという想いにこのルンベルク、感極まりました！」

「お、おう。ガーデルマン伯爵の様子はどうだった？」

「事情をご説明したところ、快諾してくださいました。令嬢との姉弟間の積もる話もおありだったようでしたので」

「それならよかった。まさか、レーベンストックと病の話になるなんて思ってもみなかったから」

「ヨシュア様。不肖ながら私が控えさせて頂きます」

「頼む」

ルンベルクが一歩前に出て、ガーデルマン伯爵が控える部屋の扉を開く。

入室すると、シャルロッテに並んで優しげな顔をした少年と青年の中間くらいの男が会釈した。

彼が今代のガーデルマン伯その人である。

シャルロッテと同じ赤毛ではあるが、おかっぱ頭で垂れ下がった眉もあってか柔らかな印象を受けた。

目元なんかはシャルロッテと似ていて「なるほど姉弟なのだな」という部分もあるにはあるが、二人から受ける印象は真逆だ。

「お待たせして申し訳ない。カンパーランド辺境国、辺境伯のヨシュアです」

「い、いえ。ヨシュア様にお会いできる幸運を噛み締めております！」

緊張した面持ちで一息に言い切ったガーデルマン伯は、胸に手を当て「すうはあ」と小刻みな呼吸を繰り返す。

「何も取って食おうなんてことはありませんよ。お願いをするのは我々です。お座りください」

「は、はい！」

シャルロッテに肘でコツンと突かれ、慌てた様子でカウチに腰かけるガーデルマン伯。

「閣下。失礼を承知で申し上げます」

「気がついたことがあれば、どんな些細なことでも意見を頼みたい」

彼の様子を見兼ねたシャルロッテが敬礼し、具申してくる。

「閣下。クルトにはどうか砕けたお言葉でお願いできませんでしょうか」

「賓客にそれは気が引けるけど……分かった」

公国時代には配下であったガーデルマン伯ではあるが、今は他国の領主だ。

元配下だとはいえ、きちんと対応すべきだと思っていたけど……。

シャルロッテの提言にカクカクと首を縦に振るガーデルマン伯を見ていたら、改めた方がよいと思った。

「閣下。重ね重ね申し訳ありません。どうか、愚弟のことはクルトと敬称を付けずにお呼びくださ い」

「ガーデルマン伯がそれでいいのなら」

「か、構いません。む、むしろお願いいたします！　閣下に名前で呼んでいただけるなど、光栄の極みにございますう！」

分かったから落ち着け。

大きく深呼吸して、はい、ゆっくりと。

なんて事は流石に言えないので、やんわりと仕草で示した。

「クルト。シャルから聞いているとは思うけど、今回は辺境国からお願いがあり君を呼んでもらったんだ」

「存じております。是非、貴国と商取引をさせてください」

「貨幣も準備している。公国と同じ数値に合わせているので、計算もしやすいはず」

シャルロッテに目配せすると、彼女は小箱をテーブルの上に置き、そっと開く。

中にはクッションの上に赤い布が被せられ、その上に先日作成した辺境国貨幣が載っていた。

「こ、これは。魔法金属ですか！　希少な魔法金属ならば……な、なるほど、等価値とおっしゃっていたのは、魔法金属の価格で合わせているのですね！」

「うん。できたばかりの国で貨幣に信用がない。その上金銀が不足しているからね」

「賢公の慧眼恐れ入りました！」

「ははは。辺境国から出せる商品の目録をざっとまとめている。実際には行商人がこっちにきてから、何と取引するのか決めてくれてもいい」

「承知いたしました！」

クルトは興奮した面持ちで目録を凝視し、時折唸り声をあげる。

彼が一通り目を通している間に、シャルロッテへ目配せした。

「取引できそうな商品はあるかな？」

「もちろんです！　商品の説明まで記載して頂きありがとうございます」

「量を準備できるものとできないものがあるから、目に付いたものを言って欲しい。先に準備に取り掛かりたい」

「魔法金属が項目に入っているのですが、カンパーランドは魔法金属の産地なのですか？」

「産地というわけではないけど、ブルーメタルならそれなりの量が準備できるかな。ミスリル、オリハルコンは少量なら」

「そ、そうなんですか！」

鉄に魔力を付与したらブルーメタルになるわけだけど、その価値は十倍以上に跳ね上がるんだ。

なんと金と同じくらいの価値を持つ。

魔法金属は雷獣の毛を利用した電気を魔力に変換する仕組みを使えば、いくらでも作ることができる。

といっても、電力の全てを魔法金属の生産に回すことはできないので、それなりの量にはなるけどさ。

雷獣の毛にも限界があるし、大量生産というわけにはいかない。

それでも、魔法金属を作ることができる、ということが大きなアドバンテージであることは確か。

今後、取引を進めるにあたってカンパーランドの主力になりえる商品の一つが魔法金属となることは間違いない。

他国が真似しようにも、雷獣の毛がなければ電気を魔力にすることは難しいものな。

といっても、これにあぐらをかいているつもりはない。

競争原理の働く市場では、日々、よりよい商品が開発され世に出てくる。魔法金属の製造だって、いつまでも我が国だけの特権となることはないだろう。

雷獣の毛を使わずとも魔法金属を作り出す技術がどこかで開発されるはずだ。

例えば、綿毛病にしたって俺たちだけじゃなく、公国でも別のアプローチで克服してみせた。

魔法金属だって例外じゃあない。

「他にはカンパーランドシロップ、紫の染料なども人気が高いと思います」

「グアバはどうだろう？」

「どうでしょうか……好みはありそうですが……」

グアバジュースは微妙らしい。あれもシロップを混ぜて炭酸で割ればおいしいと思うんだよねえ。

そういや、炭酸ってどうやって作るんだっけ。それほど難しい技術が必要じゃあなかったはず。

明日にでもペンギンに相談してみるか。

グアバをおいしく頂くことは、最近の俺のテーマなんだ。

いつまでも「うーん、酸っぱい」じゃ済ませないんだからな。

おっと、重要なことを忘れていた。

「シャル」

「はい」

「もう少し近くに」

「は、はい」

腰を浮かせて、彼女の耳元へ顔を寄せる。

「もう聞いたのか？」

「な、何をでありますか？　と、とても近いです。い、息が」

「もう少し声を抑えて。ガーデルマン伯爵領にも綿毛病は？」

「広がりつつあると聞いております」

ぐいっとシャルロッテの細い二の腕を掴み、引き寄せた。

更に声のトーンを落とし彼女の耳元で囁く。

「深刻な状況なのか？」

「自分の方が深刻であります」

「シャルのことじゃあなくて……」

「は、はい。公都より僅かながら特効薬が入ってきていると聞いております。今のところは事足りていると」

「そうか、それならよかった。辺境国流の対策も持ち込んでおいた方がいいかな？」

「そうですね。自分から伝えてもよいですか？」

「うん。測定器も一つ持っていってくれ」

「承知いたしました！」

シャルロッテから手を離し、彼女を解放する。

ガーデルマン伯爵領はレーベンストックのようになってはいないようで安心した。

だけど、綿毛病の流行が加速すると薬じゃ追いつかなくなる。先手を打っておいた方がいいな。

取引相手には元気でいてもらわないと困るってもんだろ。

測定器を取りに行ったであろうシャルロッテを見送り、ちょうど目録から目を離したクルトへ目を向ける。

「俺たちの欲しいものは、冬に備えた食糧、可能なら家畜や種。もし領内で採掘できるのだったら鉄だ」

「もし取引する商品がなくとも、辺境国貨幣で購入は可能です！　姉様が中央より持ち帰った技術や制度により、ガーデルマン伯爵領は公国の中でも指折りの穀倉地帯なのですよ」

「うん。公国時代には随分と助けられたよ。よくぞあの荒れた土地を改革してくれた。おっと、ごめん。もう公爵じゃないんだった。上からですまなかった」

「い、いいえ！　公国の大改革を行い、一大強国とまで呼ばれる豊かな国にしたのはヨシュア様です！」

穏やかで大人しそうな青年にこうも興奮した様子で我が事のように語られると、ちょっと引いてしまう。

公国時代、確かに俺は俺のできる限りのことを精一杯やってきたつもりだ。だけど、シャルロッテやクルトが褒めてくれるほどのことをしたとは思っていない。

優秀な官僚たちや、領地を治める人たち、領民の一人一人が前を向いて必死で進んできたからこそ現在の繁栄がある。

俺はみんなに「頑張れ頑張れ」と旗を振ったに過ぎない。公国の発展は領民全てによって勝ち取ったものなのだから。

「もう一つ、個人的なお願いがあるんだ」

「私にできることでしたら、何でも！」

「いや、それほど気合を入れなくていいから……。神託と予言の内容がもし分かれば教えて欲しい」

「中央のことはまだまだこちらまで正確な情報は伝わってきません。しかしながら、特に秘匿している情報ではないとの噂(うわさ)です」

「もし行商人から情報を得られれば、くらいでよいので」

「承知いたしました。自分の立場を鑑みて影響のないように、ということですね」

「そそ。無理はダメだ。俺のためになんて思わないで欲しい」

「姉様から聞いていた通りのお人柄です！　立場は天と地ほど違いますが、私も領主の端くれ……上に立つ者の理想であるあなた様に少しでも近づけるよう精進いたします」

「う、うん」

何やら変なフィルターがかかっているようだ……。俺はそれほどまでにできた人間じゃあないんだけど、力一杯否定するのも彼にとって良くはないか。

理想とするイメージを具体的に持っていれば、進むべき道もハッキリと見えてくることだろう。

ルンベルクがスッと扉を開け、シャルロッテが部屋に戻って来る。

「シャル。大枠は決まったので細かい調整を頼んでいいか？」

「承知しました！」

「頼む」

本当はシャルロッテと一緒にここに残って詰めれるところまで詰めたかったのだけど、もう一つの方が緊急性が高いので仕方ない……。

後ろ髪を引かれる思いで、ルンベルクを伴いもう一方の客人の元へ向かう。

さすがにまだアルルは戻って来ていなかったので、御者をルンベルクに任せ馬車で鍛冶場まで移動している。

「この馬車、不思議です」

「この馬車は、実験用の馬車なのですよ」

向かいに座るエイルは触覚をピコピコさせて何かを感じ取っている様子。

あの触覚は特殊なセンサー機能でも持っているのかな？　虫の触覚は周囲の物体を感じ取る能力があるとか聞いた気がする。

彼女の触覚も何かしらのセンサーがあるのかもしれない。

「アールヴは馬車を使いません。ですが、他の部族には使う者もいます。日常的に乗っているわけではないので、気のせいなのかもしれませんが……」

「通常の馬車より多少揺れが軽減されています。まだまだ実験中ですので多少……ですが」

「それですわ！　車輪に秘密があるのでしょうか」

馬車の窓から体を乗り出して背中の翅でバランスを取るエイル。

危ないってば。

しかし、一発で秘密を探り当てるとは勘が鋭い。

「車輪で間違っていませんので、お戻りください！」

「も、申し訳ありません。はしたない真似を」

元の体勢に戻ったエイルは触覚をしゅんとさせ、上品に頭を下げる。

国の代表として来ているから落ち着いた淑女のように振舞っていたけど、本来の彼女はさっき見せたような感じなのかもしれない。

「それにしてもよく分かりましたね」

「車輪が確かに地面に当たり跳ねていたのですが、浮き上がりが私の知る車輪より少なかったのです。それで、違和感を覚えました」

「そんな微細なことが分かるのか！　すげぇ！」

「アールヴ族だからこそですよ」

驚いてつい素の口調で返してしまったが、エイルはエイルでおどけたように首を傾け、自分の触覚を指先でちょこんとつっつく。

それがなんだかおもしろくなって、お互いに顔を見合わせくすりと笑いあう。

その時、渋い壮年の声が俺を呼ぶ。

「ヨシュア様。アルルが向かってまいります」

「馬車を止めてもらっていいかな？」

「畏まりました」

さすがルンベルク。急にブレーキをかけるわけでもなく、俺たちがなるべく揺れないようにゆっくりと馬車を停止させた。

「ヨシュア様！」

「うお。どこから顔を出してんだよ！」

心臓がバクバクしたぞ！

アルルが馬車の窓から顔をのぞかせていたんだけど、向きが逆だ。

屋根側から吊り下がるようにしてやっほーってしていたんだよ！

「二人は。もう少し、かかるよ」

「分かった。じゃあ、そのまま進んで合流しようか」

「うん！」

アルルがヒラリと御者台に両足をつけ着地する。

彼女はルンベルクと並び、このまま御者台に座るようだった。

「こ、これは……一体？」

「これは飛行船です。空を飛ぶ船なんですよ。これで、レーベンストックに向かいましょう」

鍛冶場付近で合流した俺たちは、そのまま飛行船の発着場に移動したんだ。

巨大な飛行船を前にして、エイルは驚きからペタンとその場でお尻を地面につけ、開いた口が塞がらない様子だった。

「それじゃあ、セコイア、エリー、ルンベルク。俺についてきてくれ」

「畏まりました」

代表してルンベルクが背筋を真っ直ぐ伸ばした後、優美な礼をする。

「アルルはまた移動ですまないけど、シャルロッテに俺がいない間のことを任せると伝えて欲しい。俺がいない間は彼女の指示に従ってくれ」

「はい！」

右腕をピンと上にあげたアルルが元気よく返事をした。

ちょうどここにいた最低限のメンバーで飛行船に乗り込むことにしたわけだけど、飛行船操作はこれで問題ない。

ペンギンを連れて行くかどうか迷ったけど、今回はお留守番にすることにした。

できればルンベルクも待機にしたかったのだが、彼かバルトロがいなければ舵を任せる人がいなくなってしまう。

エリーは俺の護衛兼ルンベルクの補佐。アルルじゃなくてエリーにしたのは綿毛病にかかる心配がないから。

セコイアは必須。風を起こす魔法を使う必要もあるし、魔力の測定を伝授するために彼女の協力が欲しい。

「エイルさん、行きましょう。待っている患者がいますので」

「は、はい」

「中で再度、詳しい話を聞かせてください」

タラップの前に整列したルンベルクとエリーに向け右手をあげ、エイルを飛行船までエスコートする。

俺の後ろをちょこちょことセコイアがついてきていた。ついてくるのはいいけど、寄りすぎだよ！

彼女の頭が俺のお尻に当たってるから。

「はやく進むのじゃ」と行動で急かしているのかも……。

ルンベルクは恐縮していたが、俺にも試させてくれと強引にお願いして機関室で「気体の注入」をお手伝いする。

彼は一度しかこの作業をやっていないというのに、随分と慣れた手つきだったのが印象に残った。

ペンギンが取ってくれたメモが機関室に貼ってあり、その隣にいつの間にかメーターまで設置してあったのも大きい。

なるほど。

「ペンギンを連れてくる必要はない」とセコイアが言っていたのは、彼がいなくとも調整がきくからということなんだな。

順調に空に浮き上がった飛行船。

「よしよし」と思う暇もなく、セコイアがぐいぐいと俺の服を引っ張る。

「どっちに向かうのじゃ？」

「あっち」

彼女に風魔法を使ってもらわないと飛行船は進まないからな、頼んだぞ。セコイア。

ところが、華麗な指示を出した俺に対し彼女は物凄い力で俺を更に引っ張った。

よろけながらも何とか体勢を保つ。

「それじゃあわからん。ついてまいれ」

「冗談のつもりだったのに。顔を真っ赤にして可愛い奴め」

「むきー。いいから来るのじゃ！」

両手で腕を引っ張られ先端中央部の椅子に座らされた。

その上にこちらを向いてちょこんとセコイアが腰かける。

「キミにしては珍しく、準備を万全にせず出てきたが、問題ないのかの？」

「問題ない。距離が遠くてガスが切れたらとか心配してくれたのか？」

「うむ」

「機関室前に予備がある。それに、ガスは飛び立つ時に使う。あとは微調整だけだ」

「結構な量になるんじゃないのかの？　レーベンストックで降りて、また浮上するのじゃろ？」

「この前、海まで行って戻ってきたろ？　あれくらいの距離じゃないかと見てる。乗船人数も絞ったからな」

「うむ。そう言えばそうじゃった。海までは相当な距離があったからの」

狐耳をせわしなく動かしながら、セコイアが顔だけをこちらに向けた。

見た目は小学校高学年の少女で、愛らしいのだけど……普段からアレだし可愛いのに可愛いと思えない。

立ち上がり真っ直ぐに見上げてくる彼女の曇りひとつない瞳に、微妙な表情を浮かべる。

あ、そういや。

「俺はいまとんでもないことに二つも気がついたぞ」

「ん？　そろそろボクに決めたか？」

「俺は小学生にはときめかないんだ。歳の差なんて関係ないとは言うけどな」

「歳の差は気にしないのじゃな？」

「うん、まあ。待て！　落ち着け！　落ちる！」

「小学生には」という言葉を完全にスルーしたセコイアである。

と、それはいいが押すな。押すんじゃない。

え、ええいこうなったら。

のしかかってきた彼女をうっちゃりの要領で横へとひっくり返す。

椅子から落ち、床に頬がぺたんとつくセコイア。

「こらあー」

「ご息女ですか。私も子供ができたら、ヨシュア様のように可愛がりたいものです」

慌ただしく動く俺たちを離れたところで見守っていたはずのエイルだったが、いつの間に。

船内は狭いから機関室以外の声が筒抜けなので、どこにいても今のやり取りは聞こえちゃうけどねー。

彼女は慈母のように優しげな笑みを浮かべ、口元に手を当てていた。

聞こえるといえば、お茶を準備しているエリーにも全部聞こえているはず。

首を回しチラッと彼女の後ろ姿を確認する。

肩が小刻みに揺れてた。

あれ、絶対に笑っている。当然と言えば当然か。ははは。

「して、二つとは何じゃ？」

何事も無かったかのように俺の膝(ひざ)の上に座り直したセコイアがこちらを見上げてくる。

「いやさ。レーベンストックからはるばるオラクルまで来てくれたエイルさんがいるわけじゃないか」

「道案内はエイルに任せるのじゃな」

「うん。それなら迷うことは無い」

「じゃが、空からの眺めと地上からじゃまるで風景が異なる」

「そこはほら、たぶん」

おっと、客人を立たせたままだった。

飛行船の準備で慌ただしかったからな。俺が今座っているのは操舵用の席である。といっても休憩用の備え付けの椅子も前面の窓際に沿うように並んでいるから、会話をするに支障がないほど近い。

「ご心配には及びません。道案内、是非お任せください」

エイルは上品に会釈して、触覚を頭にペタンとつけた。

気が付いたこと一つ目。エイルはオラクルまで一人でやってきた。なので、彼女なら道が分かるはず。

「その触覚でレーベンストックの方角が分かるのですか？」

「それもあります。ですが、こちらに向かう時、飛翔して参りましたので。これほどの高さではありませんが」

「その美しいアゲハ蝶のような翅で飛ぶことができるのですね」

「翅だけでは飛ぶことはできません。アールヴ族は鳥のように軽くはありませんので。魔力と翅の力で飛翔します」

「それで魔力密度の高い人が多いのでしょうか」

「そうですね。アールヴ族で飛翔できぬ者はいません。ですので、最低限の魔力値という意味では他種族より高いと思います」

飛べることは予想していた。あの翅だけじゃあ飛ぶことなんてできないと思っていたけど、魔力との合わせ技で達成できるのか。

魔力の活用方法は多岐に亘る。魔力が物理法則に及ぼす影響は、知れば知るほど複雑怪奇で底が知れない……。

「立たせたままで申し訳ありませんでした。中央のこちらの席にお座りください」

「お気遣いありがとうございます。ヨシュア様は本当にお優しく気遣いをなさる方なのですね。素敵です」

「え、あ。どうぞ」

押し出すようにセコイアを立たせて自分も立ち上がり、代わりにエイルに腰かけてもらう。

セコイアがじとーっと嫌らしい顔で俺を見上げながら、服の裾を引っ張ってくる。

な、なんだよもう。

面と向かって真顔で褒められたら戸惑ってしまうのが小市民ってもんだろ。

「奥様はお屋敷にいらっしゃるのですか？　ご息女だけをお連れなさったのでしょうか」

「お、おれ……私は独身です。これはセコイアといって、見た目はともかく、私より年上なんですよ」

「こ、これはとんだ失礼を。申し訳ありません。深くお詫び申し上げます」

わざわざ立ち上がって深々と頭を下げるエイルに対し、曖昧な笑みを浮かべ「問題ない」と態度で示す。

「『これ』とはなんじゃ」

「言葉のあやってやつだろ……細かいことは気にするな。モテないぞ」

「なぬううう！」

「ヨシュア様の元にはさぞ煌びやかなご令嬢がお集まりになるのでしょうね。これほど素敵な殿方ですもの！」

エイルがとんでも発言をしてしまった。

セコイアを焚きつけるようなことを言ってしまっては……ダメだ。

ほらきたあ！

迫りくるセコイアミサイルをヒラリと回避する。

ある意味分かりやすい動きでよかった。あれをまともに喰らうと、もんどりうって倒れてしまうわ。


しばらく景色を眺めながら、エイルに綿毛病の仕組みと対応策について説明していた。

エリーの淹れてくれた紅茶を飲みながらゆったりとした時間を過ごす。

といっても、レーベンストックの状況が深刻なので談笑……とまではいかなかったが。

だけど、休むことができる時には休んでおかないと、いざという時に体が動かなくなってしまうから。

こうした時間を過ごすことは肝要だ。

更に一通り説明が終わった後は、エイルにちゃんと休息を取ってもらうようお願いしておいた。

彼女は顔や態度に出さないけど、相当疲労が溜まっているに違いない。

きっと領民のことがあったから、できる限り急ぎでオラクルまで進んできたに違いない。

安定飛行に入っているし、ルンベルクも機関室から離れて俺たちと同じ場所にいる。

しばらく直進とのことだから、セコイアも魔法を維持するだけと落ち着ける環境が整った。

「俺も一休みするかあ。ん、あれは……」

前方に真っ黒の湖といえばいいのか、沼といえばいいのか、ある種異様な景観が広がっていた。

範囲は数キロに及ぶだろう。

「暗黒の湖です。あの地を越えるため、私が辺境国に向かったのです」

「地上からだと、迂回路はあるのかな」

「ございます。ですが、相当な大回りになります。迂回するとなると、高い山脈もありますし……」

あれって、アスファルトか何かかな。

オラクルからの距離を鑑みるに、採取に来るには空からじゃないと難しいか。

しかし、サンプル調査だけでもしておきたいところ……。

「けったいな池……いや、湖じゃのう」

「帰る時にと思ったけど、燃料が心許ないから次回かな」

「ほう。アレに挑もうと言うのじゃな。貧弱じゃがキミの勇気を称賛しよう」

「ヨシュア様は絶対、絶対に私が護ります！」

黒い沼……いや湖に対する感想を述べたセコイアだったが一言多い。

エリーはエリーで何やら決意を固めているし……。

彼女に触発されたのかルンベルクまで彼にしては珍しい感じで鋭く目を細め口元を引き締めていた。

「え、ええと。エイルさん。暗黒の湖はモンスターがうじゃうじゃいたりするのですか？」

「噂はございます。ですが、私は見たことがありません」

「は、はは。もう一つ教えてください。あの地に強い魔力があったりしますか？」

「不思議と邪悪な魔力は感じません。尋常じゃない地であることは確かなのですが」

「ありがとうございます」

魔力の影響で腐海のようになっているわけじゃあないようだ。となると、期待できる。

次回はペンギンも連れてこよう。きっと興奮して嘴をパカパカ打ち鳴らすに違いない。

「ヨシュア様。オラクルからは相当距離がございます。ご懸念されることがあるのでしょうか」

「懸念というよりは期待かな」

ルンベルクの問いかけに「ふむ」と顎に手を当て応じる。

対する彼はほうとばかりに片眉をあげ、まるで戦いに挑む人のように武者震いした。

怖いから……全く何を考えているのやら。

「もしモンスターがいたとしてもルンベルクの言う通り、オラクルの安全を脅かすことはない。空を飛ぶドラゴンやロック鳥でもない限り、ここからオラクルまで一息に来ることは無理だろうし」

「ドラゴンですか！　不肖ルンベルク。必ずや主の期待に応えてみせます」

「ル、ルンベルク。たとえだから、ね。ルンベルクは執事のお仕事という任務があるじゃないか」

「出過ぎた真似(まね)を。申し訳ありません」

「いや。いざという時は頼んでいいかな？　俺は走るのも遅いし」

「私に背中をお任せいただけるとは光栄の極み。有り難き幸せにございます！」

お、おう。

まるで死地に赴くようなシチュエーションじゃないか。

もしもの話だけど、ドラゴンなんかいるのなら近寄ることなんてもってのほかだ。

ドラゴンのような巨大なモンスターがいたとしたら、上空からも確認できるので事前に回避可能だろう。

でも、彼の態度を見ていると、なんだか不安になってきた。

「ヨ、ヨシュア様」

「な、なんだろう」

今度はエリーが頬(ほお)を桜色に染めて、両手をもじもじさせながら、俺の名を呼ぶ。

たらりと冷や汗が背中に流れ落ちるのを感じつつ彼女に聞き返した。

「そ、その時は、わ、私がヨシュア様をだ、抱きしめ、いえ、抱えて走ります！」

「わ、分かった。その時は頼むよ」

「はい！」

そこ、恥ずかしがるところなの？

そんな時は訪れないだろうし、軽い気持ちでお願いすることにした。

しかし、絵的に最悪な構図だな……。黒髪メイドに抱えられる冴えない男。

自分で自分のことを冴えないなんて考えたらダメだ。いける、俺はまだいける。

いや、輝くより休みたい。なので冴えない男でもいいや。

「セコイア。暗黒の湖にもしモンスターがいた場合、どの辺からなら感知できる？」

「そうじゃの。ここからでも問題ない」

「今のところ、何か感じるか？」

「いや。特には。案ずるな。もし、いたとしても龍ではこの高度まであがってはこられぬ」

聞きたいところと少し違ったけど、別の懸念が生まれてきたぞ。

「龍では」飛行船の高度まで到達できない。じゃあ、到達できるモンスターもいるのかもしれない？

う、うーん。飛行船に対空ミサイルでも装着できればいいけど、さすがにそれは無理か。

頼りにするのはセコイアガードしかない。

セコイアの小さな両肩に手を置き、しかと彼女と目を合わせる。

「何じゃ、こんなところで。二人きりの時の方が」

「大丈夫だとは思うけど、もしもの時はセコイアが頼りだ。頼んだ」

「そういう事か。期待して損したわ。珍しくヨシュアから触れてきたというのに」

「この高さでモンスターに遭遇することは想定していなかった。今回は仕方ないとして、もう少し慎重になるべきだな」

「心配要らぬよ。この高度まで到達できる生物など、一部の渡り鳥とあやつくらいじゃ」

「あやつ？」

「リンドヴルムじゃよ」

「覇王龍か。まあ、あれなら。仕方ない」

覇王龍くらいしか到達できるモンスターがいないのだったら、心配する必要はないか。

覇王龍に襲い掛かられたとしたら、それは災害だと思って諦めるしかない。あんな人知を超えた生物相手にどうこうすることは不可能だ。

だけど、覇王龍ならば、会話が成り立つしその名の通り「覇王」たる風格と心意気を備えている。むやみやたらと理由なく矮小なる者に爪を立てるようなことはしないだろ。

「ヨシュア様。暗黒の湖に挑まれる際は、是非私も連れて行っていただけませんでしょうか？」

「来ていただけるのなら心強いです」

話がズレてきていたところに、エイルが軌道修正するかのように口を挟む。

黒い湖と名付けをしているくらいなのだから、彼女か彼女の仲間たちの誰かが湖の地形に詳しいかもしれない。

実際に彼女は黒い湖を飛び越えてきたわけだしな。

会話をしている間に件の湖を越え、飛行船は進んで行く。

更に進んで山を抜け、深い森林地帯に入る。

そこで突然、開けた平原が見えてきた。

平原の向こう側はまた森になっていて、高い山々が連なっている。

平原、森、山とどこに行っても同じような景色（けしき）が広がっているんだなあ。

他には砂漠やらオラクル南部に広がるグランドキャニオンぽい地域もあるにはあるけど、稀（まれ）だ。

「そろそろです。右手に城壁が見えますでしょうか？」

「私の目にはまだ」

エイルが指さす方向を見ても、俺には全くもって確認できない。

だけどセコイアには見えているみたいで、飛行船の方向が微妙に変わる。

「あの城壁は城塞（じょうさい）都市バーデンバルデンのものです。レーベンストックの中心地となります」

「あれがそうなのか」

名前だけなら聞いたことがある。

城塞都市バーデンバルデンは部族国家レーベンストックの首都に当たる都なんだ。

レーベンストックでは部族単位で住む土地が異なるが、バーデンバルデンとその周辺地域のみ全（すべ）ての種族が混在して住んでいる……らしい。

部族間会議が行われるのもバーデンバルデンで、レーベンストックの政治的中心地でもある。

部族間の交流の場として街を作ったのがこの街の始まりということだ。

でも、まだ、城壁は見えないんだよね……。そのうち俺の目にも見えるかな。

閑話三　こっそり魔物退治

綿毛病の克服を模索している中、バルトロ・ガルーガ・アルルの三人は雷獣の住む森より更に奥地へ来ていた。

「どうした？　ガルーガ？」

頭の後ろで手を組んだバルトロが前を行く豹頭の大男に声をかける。

いつもより心なしか大股で歩く彼は、その場でピタリと立ち止まり追いついてきたバルトロの耳元で囁く。

「ヨシュア殿が了承した手前……」

「ん？　まさかSランク冒険者だったガルーガがビビってるわけじゃあねえよな」

「全く……お前はいつもそうだな」

ガルーガは白い牙を見せ苦笑する。彼の視線は右前をてくてくと歩く猫耳少女に向いていた。

彼らはヨシュアから遠出する許可を得ている。雷獣が住む森は実のところまだほんの入口付近といっていいほど、この森は深い。

オラクルの東部に広がるこの森の範囲は調査していないため、詳細は不明である。

しかし、先日気球から見渡した限り、下手すればこの森は公国領ほどの広さがあるのではないのかとヨシュアらは推測していた。

綿毛病の感染拡大を阻止するため、バルトロはアルルと主君と一緒に隔離生活を送っていた。

そんな事情もあり、主君も「気分転換に遠出したい」と申し出たバルトロに対し、快く許可を出した。

彼の出立を聞きつけたガルーガが同行を申し出る。

彼は思惑通り、バルトロと同行する許可を得た。しかし、森の深部への旅は彼にとって思わぬ動きを見せる。

しばらくの間、綿毛病感染の危険がないエリーがヨシュアの護衛を行うことになったため、手持ち無沙汰になったアルルもこの旅についてくることになった。

こんなか細い少女をよりによって未知の深部に連れて行かずとも……との思いが先ほどから見せているガルーガの態度の原因だったというわけである。

もっとも……トリプルクラウンにとっては造作もないことか。

少女一人を護りながら戦うくらい。

彼はそう思いなおし、自分も危急の折には彼女を護ろうと気持ちを改める。

何しろ彼女はヨシュア殿のメイドだから、怪我をさせるわけにはいかない。

ヨシュア殿が任せると言ってくださったのだ。それは、バルトロへの信頼からだろうが、自分も想いだけは負けぬようにしよう。

ぐっと小さく拳を握りしめた彼は、再び前へ出る。

「そうそう。ガルーガには伝えてなかったな。大したことじゃあねえんだが」

「む？　他に目的があったのか？」

「まあな。単なる散歩ってわけじゃねえってことは、ガルーガもうすうす気が付いていただろう？」

「確かに。お前が興味本位だけで深部を探索したいなどと申し出ることはないだろうからな。今のお前にとって、ヨシュア殿を御守り（おまも）することこそが至上命題であるはずだ」

「そそ。ご名答。分かってるじゃねえか」

「そういう分かりやすいところを好ましく思っている」

「俺もだぜ」

カカカと笑うバルトロと、口の端から声を漏らすガルーガ。

一方でアルルは二人の会話など気にもせず、ふんふんと鼻歌交じりに虎柄の尻尾（しっぽ）を揺らしていた。

「セコイアの嬢ちゃんが懸念していてな。どうも魔力だまりがあるみたいなんだよ。こっからずっと東に行ったところにな」

「ほう。龍の巣でもあるのか？」

「まあ、厳しい自然の奥深くには龍やら魔獣やらがいることは多い。あいつらはなんであぁも、魔力だまりが好きなんだろうな」

「さてな。オレは無学だ。仕組みなど知るはずもない」

「ははは。俺も似たようなもんだ。よく分からんが、魔力ってのは高いところから低いところに流れるらしい。んでな。池みたいにたまった場所が魔力だまりってわけだ」

突然魔力だまりについて説明し始めたバルトロに対し、前を向いたままガルーガが口端をあげる。

何故(なぜ)とかそういう理由ではなく、何をすべきか、何が起こるのかだけを言ってくれればよいのだが……。

とガルーガが心中考えていると、バルトロが続きを語り始める。

「説明なんぞいらんって感じだな。俺も同じことを思った。まあ、そう言わずに聞いてくれ」

「分かった。すまんな」

「いやいいって。俺もだって言っただろ。んでな。間をすっ飛ばすが、魔力の流れ？　が変わって魔力だまりが無くなっちまいそうなんだって」

「そういう事か。それで説明してくれたんだな」

「おう。魔力だまりが好きな奴(やつ)らの好きな場所が無くなろうとしている。となったらよ、動くだろ」

ガルーガにもようやく合点がいった。

つまり、街へ進出してくるかもしれないモンスターを事前に狩ってしまおうという腹だな。

雷獣のように、不干渉を貫けば同居できるモンスターならば構わない。だが、積極的に人を襲ってくるとなれば話は別だ。

真の目的は理解した。ならば尚(なお)、少女を連れて来るべきではなかったのでは……。

そんな思いが頭によぎったガルーガであったが、小さく首を振り唇を結ぶ。

どのような状況であろうが、関係ない。バルトロを見習わなければな。

その時、彼の心配の種である猫耳少女がのんびりと独り言のように呟(つぶや)く。

「ごはん。いい？」

「おう。助かる」

「うん。ガルーガさん」

「う、うむ」

片目をパチリと閉じ応じるバルトロに対し、ガルーガは戸惑ったように頷きを返す。

保存食を出すとするか。

ガルーガが肩からさげる大きな麻袋へ手をかけた時、風を切る乾いた音が彼の耳に届く。

シュン――。

一瞬にして幹を蹴り高い枝の上へ片足をついたアルルが、更に高く飛び上がり、飛翔する鮮やかな新緑の羽毛を持った大型の鳥の首を素手で掴んでしまったのだ。

そのまま華麗に着地したアルルはにへーと子供っぽい笑みを浮かべ、嬉しそうに大型の鳥を二人へ掲げて見せる。

「そ、その怪鳥……。バーンイーグルでは」

「アルル。名前は分からないよ。ガルーガさん、鳥は大丈夫？」

「肉なら何でも……」

ここでようやくガルーガはアルルの意図を理解する。

さきほど、バルトロと自分に彼女が問いかけたのは、バーンイーグルの肉が苦手じゃないかどうかの確認だったのだ。

翼開長四メートルもある怪鳥バーンイーグルをいともたやすく仕留めてしまったことに、彼は驚きを隠せない。

高速で飛翔し獲物を発見すると急降下して襲い掛かって来るバーンイーグルは、中級冒険者といえども侮ることができない相手である。

それを強襲されるのではなく逆に奇襲して仕留めてしまうなど……彼女の身のこなしは彼が見たどの冒険者よりも速度があった。

単に走るだけではなく三次元的な動きをしているにもかかわらず、熟練冒険者であった彼でも目で追うことが難しいほどだ。

「バルトロ。重たい」

「うん」

「そんなことだと思ったぜ。すぐに解体してしまおうぜ」

アルルが右手で掴んだバーンイーグルの首を放すや否や、一瞬何かが光るのをガルーガは見た。

ドシン。

地面に落ちたバーンイーグルはズルリと体がズレ、バラバラになる。

「だああ。血抜きしろって。まあいいか」

「少し離れた場所ですぐに食べた方がいいんじゃないか？」

「だな」

バルトロも人が悪い。アルルが高い実力を持っているのなら、最初から言えばいいのだ。

心の中で悪態をつきつつも、血の匂(にお)いに魔物が寄って来る前に移動しようと提案する。

ニカッと白い歯を見せたバルトロは、肉を集め始めたのだった。

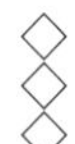

「ガルーガさん！」

「任せろ！」

上空十五メートル辺りを飛ぶ飛竜の頭に乗るアルルがガルーガの名を呼ぶ。

片目を彼女の持つ布で覆われた飛竜は怒り心頭で、暴れに暴れる。

対するアルルは布を巧みに操り、飛竜の動きを誘導していく。

彼女を振り落とそうとする飛竜の高度が更に下がり、ついにガルーガの眼前に迫ってきた。

彼はすうっと息を吸いこみ、下に構えたハルバードをギュッと握りしめる。

ひらりとアルルが飛竜の頭から飛び降りるやいなや、ハルバードが振り上げられ、見事飛竜の顎(あご)を斬りつけた。

顎から脳天まで突き抜けたハルバードは勢いを落とさず、天まで突(つ)きあげられる。

対する飛竜はそのまま地面に落ち、ピクリとも動かなくなった。

「片目には慣れてきたか？」

「おかげさまでな」

隻眼のガルーガは距離感を測る能力が以前に比べ落ちている。

それでも、他の力を失ったわけではない。

現に体長八メートルもある硬い鱗を持つ飛竜でも一撃の下に斬り伏せることができた。

もっとも――。

「アルル。完璧な誘導だった。感謝する」

「ううん。アルルも。練習」

「初めてやったのか……？」

「うん。アルルね。あまりモンスターと戦ったことないんだ。だから」

「戦闘経験がないようには……」

そこまで言ったところでガルーガは慌てて口をつぐむ。

あの動き、実戦なくして身につけられるものではない。そのようなこと聞かずとも分かる。

モンスター相手ではないとしたら……いや、詮索はすまい。

ヨシュア殿のメイドが只者ではないなど、当たり前のことではないか。

そう思ったガルーガは自然と頭を下げていた。

「すまん」

「ん？　ガルーガさん、ちゃんと仕留めたよ？」

コテンと首をかしげるアルル。そこへ苦笑したバルトロが割って入る。

「アルルに来てもらったのは、対魔物への経験を積ませることもあるんだけど、探知能力を買ってのことなんだ」

「そう言えば……真っ直ぐ進んできたな」

「おう。アルルなら数キロ先であっても大型の魔物なら感知することができる。危ないモンスターを狩るのが今回の仕事だろ」

「恐れ入った。そんな能力まで持っていたとは」

「そんなわけで、次は俺がやるぜ」

「おお」

トリプルクラウンの剣技が見られるとは……任務の最中であることは重々承知しつつもガルーガの気持ちは昂っていく。

次に彼らが出会ったのは角龍だった。
ガルーガが角龍を見るのはこれが二回目。前回対峙した時は同じSランク冒険者五人がかりで苦戦しつつも退けた相手である。
「退けた」だけで、仕留めるまではいかなかったのだが……。
あの時、パーティ編成がよろしくなかった。物理攻撃が得意な戦士三人と補助魔法使いに回復魔法を使う白魔法使いの五人で組んでいたのだから。

角龍は額に螺旋（らせん）のように曲がった角を持つモンスターだ。

四足で走る巨大なサイにも似た龍なのだが、全長十メートル近い巨体もさることながらとにかく灰色の鱗が硬い。

ガルーガを含めた当時のパーティメンバーはミスリル製の武器で対峙したのだが、まるで傷をつけることができなかった。

「んじゃま、獲物を一人で取っちまって悪いが、俺がやるぞ」

「な……バルトロ。ハルバードを使うか？」

「なあに、これでいいさ」

背中からひょいっと大剣を抜いたバルトロはふわあとあくびをする。

緊張感の欠片（かけら）も無い彼に対し、ガルーガは気が気ではなかった。

トリプルクラウンの噂（うわさ）は彼とてもちろん知っている。しかし、彼の持つ大剣はお世辞にも高品質なものとは言えない。

高い実績を持つ彼ならば、ミスリル……いやオリハルコンの剣くらい持っていてしかるべきだ。

しかし、彼が構える大剣はただの鉄だった。

ミスリルでさえ歯が立たない角龍に対するにはあまりにも……。

「アルル。よおく見ておけよ。モンスターだって、人と同じだ。角龍はとんでもなく硬（かて）え。だが……」

「ちゃんと見てる！」

「おう」

親指をピッと立てたバルトロは首を回し、前へ出る。

彼は、首元の革紐を引っ張り小さな笛を口に咥えた。

キイイイン――。

耳に痛い音が響き渡り、五十メートルほど離れた場所にいた角龍が一直線にバルトロめがけて突進してくる。

「そっちに抜けてくるから、ちょい横に頼むわ」

そんな言葉を残したバルトロは右脚に力を込めたかと思うと、大きく前に踏み出す。

「よっこいせっと」

角龍の角が届こうとした時、バルトロが高く跳躍し、剣の腹で螺旋状の角の根元辺りを叩く。

どれほどの膂力で振るわれたのだろうか。

鈍い音と共に、角龍の首がぐらんとブレた。

しかし、走る角龍の勢いは止まらずバルトロを残しそのまま直進する。

グラリときたからか、角龍はすぐに勢いを落として停止し、憎き敵の方へ体の向きを変えた。

そこへ角龍の後ろを追いかけていたバルトロが跳躍して躍りかかり、大剣を突き下ろす。

グサリと角龍の目に大剣が突き刺さり、耳をつんざく悲鳴があがった。

「目は基本だな。あとは、こういうところも」

するりと大剣を抜いたバルトロは、角龍の顎下へ向け大剣を振るう。

ぶしゅうう。

鮮血が噴き出て、よろよろと足元が覚束（おぼつか）なくなった角龍はそのまま倒れ伏す。

「アルル。分かった！」

「おう。要は全身全（すべ）てが硬い奴（やつ）なんていねえってこった。柔らかいところをつけばいい」

「うん！」

猫耳をぴこぴこさせ、うんうんと頷くアルル。

「あまり力業は得意じゃあねえんだ。地味な戦いだろ」

「いや、恐れ入った。さすが元トリプルクラウンだ」

「ありがとうよ。俺は倒すことしか能がない。だが、それでいいと思っている」

「オレもだ」

「ははは」

「ガハハ」

肩を叩き合いバルトロとガルーガが笑い合う。

凄（すさ）まじい剣技の冴（さ）えに目を見開いたガルーガであったが、驕（おご）らぬ相棒の心意義に感服していた。

「昔はそうじゃなかった。恥ずかしいことに俺が一番すげえって思ってたんだぜ」

「これだけの実力だ。当然のことじゃないか？」

バルトロは頭をぼりぼりとかき、バツが悪そうに顔をしかめる。

彼も変わったのだな。ヨシュア殿という光に出会って。

彼の言わんとしていることを理解したガルーガはバンバンと彼の背中を叩くのだった。

「おっと、休んでいる場合じゃあねえな。ガンガン行くぜ」

「うん！」

「おう！」

片目をつぶるバルトロに対し、アルルとガルーガが元気よく応じる。

この後彼らは三日かけて、多くのモンスターを狩猟したのだった。

この戦いを通じてアルルは経験を積み、ガルーガもまた隻眼での戦いに慣れ往時の実力を取り戻す。

そこで終わらず、彼は強力なモンスターとの連戦で以前より高い実力を身につけていった。

とはいえ、まだまだ二人との実力の開きを痛感するガルーガなのである。

第四章　来たぞ、レーベンストック

バーデンバルデン。

レーベンストックの中心地にして、部族の融和と絆を示す都市である。

この街は高い城壁に囲まれた堅牢な防衛機能を併せ持つ城塞都市としても有名だ。

そうそう、オラクルにも街を取り囲む城壁を住居の準備と併せて建築するつもりだった。

地域にもよるのだけど、必ずしも城壁は必要ではない。その証拠に公国の公都ローゼンハイムは、部分的にしか城壁を備えていないんだ。

元々、公都の三分の二ほどを城壁が囲んでいたのだけど、劣化が激しくポイントを絞って補修した経緯がある。

熟考した結果、公都ではぐるりと街を取り囲むように城壁を備え付けるのをやめたのだ。

取り囲む費用対効果を鑑みて、防衛拠点を絞ることで十分対処できると判断した。

公都には警備兵に加え、衛兵、騎士団まで控えており防衛に人的リソースが割ける。

危急の事態が発生しない限り何もすることがなかった騎士団に監視を統括させ、警備兵、衛兵と協力して街の警備に当たるよう組織を改革した。

彼らにはまた、平民で構成された警備兵・衛兵から優秀な者を騎士団に推挙する役目も担ってもらう。

こうすることで防衛能力、治安維持の専門家たちを一つの組織にまとめることができた。

と同時に優秀な市井の者を騎士爵にまで登らせる制度も同時に完成する。

話が横に逸れてしまったが、オラクルでは今のところ急ぎで城壁を作るつもりはない。

当初はモンスターの襲撃を恐れ「はやくはやく」としていたわけだが、領民の急激な増加によって城壁が必要な範囲が変わってしまった。

その代わりに物見を数か所作り、昼夜に関わらず監視を行っている。

ここ数ヶ月の周辺事情から、大きな襲撃は無いと判断した。

もしモンスターの動きがあったとしても、事前に察知し街に入れる前に奇襲することにしようと決めたのだ。

本当は堅牢な城壁があって、城壁を挟んでモンスターと戦った方が良い。弓矢が非常に効果的だからな。

そんなわけで、部分的な防衛拠点は近く建築するつもりではいる。

この世界の城壁は地球のそれと意味合いが異なる。「防衛する」という点については同じなのだが、相手が人間じゃなくてモンスターなのだ。

一部、人同士の戦争に使われていたりするんだけど……。

地球と違って人間以外の外敵が多く力が強いからな。他国との戦争なんてする余裕がない国も多い。

なんてことを考えていると、みるみるうちに高度が下がっていっていた。

現在は上空百メートルといったところか。

この辺りでいいかな？

「エイルさん、私たちはこの位置でしばらく待つ、でよろしいでしょうか？」

「はい。行ってまいります。お待たせし、申し訳ありません」

「いえいえ。いきなり飛行船がきたら何事かとなるのは当然です。進言してくださりありがとうございます」

「それでは、しばしお待ちを」

上品に礼をしたエイルがぱたりと一度だけ翅を震わせた。

ルンベルクに導かれ、出入口の扉が開く。

外の風が勢いよく中に吹き込み、エメラルドグリーンの髪の毛が風に煽られる。

もちろん、こんな時もスカートを手で押さえないセコイアだった。

アルルがいないので代わりに俺が心の中で呟いておくか。

――青紫である、と。

「見たじゃろ？」

「見えたんだ。不本意ながらな」

「純白」

「それはエイルさんだ」

「見たじゃろ？」

「……」

青紫に突っ込まれた！　青紫は意識してなかったんだけど、エイルの方は仕方ないだろうに。

いくら飛べるって聞いていたとしても空の上からアイキャンフライなんだぞ。

飛べない種族である俺からしたらハラハラして固唾を飲んで見守ってしまっても仕方ない。

「ヨ、ヨシュア様は白がお好きなんでしょうか……」

「セコイアが変なことを言うから、エリーが混乱しちゃったじゃないか」

おずおずと上目遣いで恥ずかしそうに見上げてくるエリーに困ってしまった。

それもこれもセコイアが余計なことを言ったからじゃないかよ。

「して、エリーは何色なんじゃ？」

「し、知りません！」

セコイア……小学生の男子かよ。

彼女の言葉を受けたエリーは、ぴゅーっとこの場から逃げ出してしまう。

それでもメイドの本来の仕事を忘れなかったのか、わたわたした様子でお茶を準備し始めた。

彼女の様子を察したルンベルクが姿勢を正し、会釈する。

「ヨシュア様。お待ちの間、ティータイムにいたしますか？」

「そうだな。エリーが準備してくれていることだし」

「承知いたしました。では、お茶菓子も用意いたします」

「ありがとう」

ルンベルクが飛行船に運び込んだ大きな箱を開き、皿を台の上に並べていく。


お茶会が終わる頃、エイルが飛行船に戻ってきた。

彼女は相当急いで戻ってきてくれたようで、大きく肩で息をしている。

「そこまで急がずともよろしかったのですが」

「お待たせ……するわけには……」

「失礼いたしました。エイルさんの責任感、レーベンストックの事情に考えが及んでおりませんでした」

「ヨシュア様！　そのようなことは！」

エイルは俺たちを待たせたくないだけでなく、待ち焦がれているレーベンストックの領民たちをも待たせたくなかった。

だから、彼女は休みもせず全速力でここに戻ってきたというわけだ。

深刻な状況だとは分かっていても、現場をまだ見ていない俺にとって現実感が無いことも確か。

切迫している、と何度も聞いているのに……。

ルンベルクに目配せし、エイルにお茶を出してもらう。

「息を整えてください」

「ゴク……ありがとうございます。アールヴ族の誘導がございます。地上にもレーベンストックの者が立っておりますのでそちらに着陸いただけますか？」

「承知です。セコイア、ルンベルク」

二人に目を向けると無言で頷きを返してくれた。

「ルンベルク。降りる時も手伝いたかったんだけど、すまん。一人で頼めるか」

「もちろんでございます。ヨシュア様のお手を煩わせずとも責務をこなしてみせます」

力強く礼を返したルンベルクは足音を立てずに踵を返し、機関室に向かっていく。

セコイアは……俺の膝の上に無理やり乗っかってきた。

ちゃんと操作してくれるならそれでいいんだけど……立った方が外がよく見えると思う。

突っ込むのはよしておこう。ちゃんと仕事をしてくれるのならそれでいいさ。どうせやるなら、気持ちよくこなしてくれた方が断然良い。

飛行船はゆっくりとゆっくりと高度を下げ、そよ風に吹かれながらやんわりと進んで行く。

米粒のように見えるアールヴ族に導かれ、しばらく進むとレーベンストックの城壁がハッキリと目に映る。

「いよいよだな」

「レーベンストックはヨシュア様ご一行に来ていただけたこと、感謝の念に堪えません」

「いえ。こういう時はお互い様です。私も思わぬところで初のレーベンストック訪問となり、お恥ずかしながら不謹慎にも少し興奮しております」

「是非、レーベンストックの街もご観覧ください。宿も準備しております」

すっと胸に手を当て頭を下げるエイルに向け、こちらも会釈を返す。

街はもう目前に迫っていた。

城壁にほど近い場所にあった開けた土地に飛行船が着陸した。

着陸してタラップから降りている最中（さなか）、自分の考えが足りなかったことに気が付き肝が冷える。

「たまたま」着陸可能な場所があったからいいものを、もしバーデンバルデンが深い森の中だったりしたらと考えたらゾッとするよ。

飛行船が着陸するためには、オラクルのように発着場があることがベストなのだけど、平らで遮蔽（しゃへい）物のない場所でないといけない。

「ヨシュア様」

タラップの下で片膝（かたひざ）をつくルンベルクに名を呼ばれ、ぐるりと首を回す。

行き当たりばったりだったことは反省すべきだけど、うまくいったので結果オーライだとしておこう。

初飛行の時にちゃんと確認項目を記述しておけばよかった。あの時も浜辺が見えたから着陸したんだよな。

浜辺には木々なんて無いし、海と砂浜の美しさに目を奪われ他のことを考えてもいなかった。

俺に続きエイルが、その後ろからエリーたちが順に飛行船から降りてくる。

外は意外にも俺たちを誘導してくれたアールヴ族以外に人の姿は無かった。

これだけ目立つシチュエーションだから野次馬が集まってるかもと思ったんだけど……。

「本来ですと、領民総出で歓迎すべきところ、このような形になってしまい申し訳ありません」

エイルが悲しげに言うが、軽く首を左右に振って応じる。

「いえ。統制をしていただきありがたいです。綿毛病が蔓延（まんえん）している中、それをおして集まってしまう人も出てくると思います。それで深刻な状態になってしまっては事です」

「ご配慮、痛み入りますわ。ヨシュア様は本当にお優しい方です」

「いえ、配慮のできる方はエイルさん、あなたです。あの短時間でここまで指示を出して統制してしまうのですから」

「私ではありません。バーデンバルデンに詰める部族代表の方々の尽力です」

「来られているのですか？」

「部族の長（おさ）である方もいらっしゃいますが、そうでない方もいらっしゃいます」

ふむ。いまので何となく分かった。

各部族が一堂に会するバーデンバルデンは、種族間の決め事や調整、国としての外交についてコンセンサスを取る場所だ。

部族にはそれぞれ「長」がいて、長が部族で一番の上位者である。

部族によっては、バーデンバルデンには長の意思を汲（く）んだ代理人を派遣している場合もあるのだろう。長は部族をまとめる仕事があるからな。

「こちらへ」

前へ出たエイルに導かれ、彼女の後ろをゾロゾロと付いていく。

俺たちが着陸した場所は、街の東側だった。

なので、城壁が北と南に続いている。上空から見る限り、南側と西側に門があった。

ここが街の入口なのだろうけど、彼女は南には向かわず北へゆっくりとした足取りで進んで行く。

一体何が、と少しワクワクしながら城壁を眺めたり、反対側に広がる草原をチラチラ見たりしていたら後ろから服の袖（そで）を引っ張られる。

「のう、ヨシュア」

「ん？」

「飛行船に乗り込んだ後のことを覚えておるかの？」

「そらまあさすがに、今日起こったことくらいは覚えているけど」

「もう一つの気がついたことってのは何じゃ？　結局説明せぬままじゃったろう？」

そんなこと言ったっけ、俺？

ん、うーんと。

あ、思い出した。確か、飛行船に乗り込んでセコイアに風の魔法を頼もうとした時のことだったか。

エイルにお願いしたら道に迷わず最短距離でいけるかもとかそんなことを説明していた記憶だ。

二つ、気がついたことがあるとか言って、一つはエイルのことだと言った……よな？　セコイアも、「もう一つ」と言っているし。

「もう一つか。大したことじゃないから、忘れてくれていいよ」

「そう言われると、何としても聞きたくならんかの？」

「いや、本当に大したことじゃないんだ」

「とっとと言わんか」

「……くだらな過ぎて気が抜けるがいいのか？」

「言ってみよ」

言っちゃうぞ。いいんだな？

後悔するぞ。

尚も迷っていたら、前に回り込んだセコイアが行く手を阻みせっついてきた。

仕方ない。俺は言いたくないんだ。だけど、セコイアがどいてくれないから仕方ないことなんだ。

「いやほら。俺が行き先の指示を出さなくて済むじゃないか」

「そうじゃの。ヨシュアの手が空き一石二鳥ってわけか」

「それなら一石三鳥だな。俺の膝が空く」

案内役が必要だからと俺の上に座ったわけじゃないか。

それが必要なくなったとなれば、俺の役目も無くていいわけだ。

「むきー」

「だから、聞くなって言っただろう！　それに結局ずっと膝の上に座ってただろうに」

ぽかぽかと俺の太ももを叩くセコイアに向け苦笑いする。

そうしている間は立ち止まっているわけなんだけど、みんな俺とセコイアが動き出すのを待ってくれた。

そんな一幕がありつつも、テクテクと歩くこと二十分ほどでようやくエイルが立ち止まる。

「ここです」

彼女が示す場所は、人一人分通ることができるほどの木製の扉だった。

扉は城壁にまるで勝手口のように取り付けられている。ここから城壁の中を通って街へと至ることができるのかな？


エイルが扉のノブに手をかざす。すると、ノブがぼんやりと淡い光を放った。

「ご足労いただきありがとうございます。中へ」

そう言ったエイルが胸元に手をやり会釈する。彼女の動きとともに触覚と翅も僅かに動いた。

「ヨシュア様。いかがいたしましょうか」

「俺が最初に入るよ」

お伺いをたてるルンベルクに目配せし、小さく首を左右に振る。

失礼を承知で安全のために自分が先に入るべきか、それとも待機すべきか、を彼が問いかけてきたのだ。

中には何があるか分からない。だけど、客人として導かれたのに、先に護衛役を入れることには気が引ける。

実のところ、公国だと主人が後から入ることは失礼に当たらないのだけどね。

むしろ、数人先に入れてからなんてことをする大貴族もいる。

偉い人は最後に登場するってことだ。

扉に向かうと扉口にいたエイルが先に中へ入り厳かに告げる。

「カンパーランド辺境国ヨシュア辺境伯がお見えになりました」

指を揃えて胸に当て背筋を伸ばしたエイルに迎え入れられ、ゆっくりと中に入った。

――パチパチパチパチ。

入ると一斉に拍手の音が鳴り響く。

拍手は三十人ほどが腰かけることができるくらいの円卓をぐるりと取り囲む人たちによるものだった。

円卓は濃い焦げ茶色の落ち着いた雰囲気だ。木製で天板が分厚いことから、高価なものだと推測できる。

円卓を取り囲む人たちは全部で七人とそれほど多くはない。

同じ種族の人はおらず、各種族一人が来ているのだろうと分かった。

「どうぞ、おかけください。お連れ様も是非」

「いえ、円卓の後ろで控えているアールヴ族の方と猫族の方がお座りになられておりません。ですので、私どももそれに合わせさせていただきます」

ルンベルクとエリーには立っていてもらい、セコイア……は好きにしてもらおう。

彼女は俺の部下でもなんでもなく、身分や立場の外にいる存在だ。羨ましい……俺も早くそうなりたい。

扉から一番遠い席に座り、後ろにルンベルクとエリーが控えた。

「そこで、ここに座るの？」

「席に余裕がなかろうて」

当然のように膝の上に腰かけてきたセコイアである。

「座りたいだけだろ。別に構わないけど、飲み物禁止な」

「子供じゃあるまいし。何を言っておるんじゃ」

「そのままだよ」

七割くらいの確率で飲み物をこぼす。口から垂れてくるのを含めてだけどね。


セコイアが俺の膝にちょこんと腰かけたことでこちらの準備が整ったと判断したようで、円卓を取り囲んだレーベンストックの人たち全員が立ち上がる。

ハスキー犬のような頭に全身ふさふさの毛をした獣人が代表して口を開く。

彼はアルルやセコイアと違い、耳と尻尾だけもふもふの動物の毛皮のようになっているわけじゃあなかった。

体躯はがっしりした大柄な人間に似ているけど、ガルーガに近い感じだな。もふさでわしゃわしゃしたくなる。

「犬族の長を務めるワーン・ベイダーと申す。此度は遠く辺境国よりレーベンストックの危急に駆けつけてくださり、感謝の念に堪えませぬ。よくぞいらしてくれた」

「辺境国のヨシュアです。綿毛病の蔓延とお聞きしてます。対応策の概要はエイルさんに伝えております」

低いがよく通る声だ。

長自らがここに来るってことは、他の人たちもそれぞれの種族の重鎮かもしれない。

あ、遅まきながらようやく察した。ここに集まった人たちは各種族がバーデンバルデンに遣わせた代表たちなんだな。

この短時間で意思決定権を持つ部族間会議のメンバーが全て集合するとは、彼らの気の入れようがありありと分かる。

続いて犬族の長ワーン・ベイダーは彼から見て右手側に立つエイルに顔を向けた。

「勇敢なアールヴ族エイル。全部族を代表して礼を言う。我々では辺境国へ行くまで一ヶ月以上かかってしまう」

ということは馬と徒歩を併用したとしても三週間くらいかかるのかな？

下手したらもっとかかるというのに、彼らは辺境国からの救援を信じて待っていた？

いや、何も辺境国だけに頼ったわけではないだろ。四方八方に使者を送ったに違いない。

綿毛病に対し彼らはなりふりかまっていられなかったはず。その証拠に到着まで相当な時間がかかる辺境にまで顔を出したのだから。

「ワーン・ベイダー。医術、回復魔法の担い手として何もできず。せめてという思いからです。感謝される謂(いわ)れはありませんわ」

柔らかな笑みを浮かべたエイルがワーン・ベイダーに応じる。

「うむ」とばかりに頷(うなず)きを返した彼は再びこちらに体ごと向き直った。

「ここに集まった者の紹介は後からにさせていただけませんかな？　先に憎き綿毛病のことをお聞かせいただきたい」

「承知しました」

ワーン・ベイダーが礼をして着席する。

自己紹介の代わりなのか彼の右に立っていた猫耳の壮年の男が礼をして腰を下ろした。続いて彼の右隣の兎(うさぎ)頭の獣人が。

更にエイル、俺を挟んでネズミ頭、ガルーガと同じ豹(ひょう)頭。最後に熊耳の妙齢の美女が頭を下げ着席した。

では、今度はこちらから喋(しゃべ)るとしますか。

会釈をしてから、膝(ひざ)を浮かそうと……セコイアが邪魔だったのでコホンと咳払(せきばら)いで誤魔化(ごまか)しそのままの体勢で語りかけることにした。

「綿毛病はレーベンストックの方々の力があれば、『貴国の中だけ』で必ず克服できます。ご理解

いただくために綿毛病の仕組みを簡単に説明します」

エイル以外の全員が息を飲む。

本当なのかと半信半疑の様子だったが、誰もがここで口を挟んでくるような無粋なことはしなかった。

「綿毛病はある種のキノコの種のようなものが体内に入ることで発症します。キノコの栄養になるのは魔力です。まずこれを念頭に置いてください」

続いて俺たちがどうやって綿毛病を克服したのかを詳細に述べる。

彼らは一言一句聞き逃すまいと耳をそばだて、後ろで控えていた書記官らしき人がメモを取っていた。

「ヨシュア様。我々が準備すべきことは、『魔力の計測』と『体内魔力を調整してくれる何か』の二点ということでしょうか？」

「そうです」

事前に綿毛病の仕組みと対策について伝えていたエイルが、合いの手を入れてくれる。

そこでルンベルクがそっと耳打ちしてきた。

「ヨシュア様。例の水草をお持ちいたしましょうか？」

「持ってくるよう指示を出してなかったよ。ごめん。エリーかルンベルク、どちらか向かってもらえるか？」

うっかりしていた。魔力測定器はちゃんと持ってきたんだけど例のスギゴケ（魔力型）を飛行船に置きっぱなしにしていた。

俺の意を受けた二人は、目配せし合いエリーが動く。

二人ともきっちりとした性格なので、どちらが行っても船内のスギゴケがどこにあるかが分からないなんてことにはならないはず。

他国ということもあり、護衛能力を重視してルンベルクが残ったってわけかな。

個人的には一人で外を歩かせるのだからルンベルクの方がとも思うけど、どっちもどっちか。

これだけの歓待を受けているのだ。こっそりと刺客が、なんてことはないだろう。

「代表のみなさん。魔力の測定については、アールヴ族にお任せいただけますか？」

俺とルンベルクがやり取りしている間にエイルが他の代表に向け提言する。

「魔力の扱いに長けたアールヴ族が担ってくれるのならば、心強い」

ワーン・ベイダーが深々と頭を下げた。

続いて他の種族の代表ももろ手をあげて賛成する。

「魔力の測定については、セコイアの助力をお受けください。エイルさんだけでは他の人に周知するにも人手不足でしょうから」

「ご協力痛み入ります。船内で手ほどきは受けましたので、魔道具をお貸しいただけますとそれで十分です」

「魔力測定器はお伝えしました通り、お渡しいたします。ご利用ください」

「何から何までありがとうございます」

立ち上がって深々と頭を下げるエイルに他の代表も続く。

今度はワーン・ベイダーに目を向けた。

「種族によって耐えることのできる魔力の下限値が変わってくると思います。個人差もありますので、測定できる人は一人でも多い方が望ましいです」

「魔道具の製造もできればよいのですが。我々は公国や帝国に比べ魔道具の技術力がありません。急を要する今であるからこそ、アールヴ族にと考えております」

「はい。私も確実な方法を取られるのがよいと思います」

「もう一方の課題『体内魔力』の件については、残りの種族が全力で当たらせていただく所存です」

「辺境国で発見したものは魔力を吸うコウモリとスギゴケという水草でした。この地にも似たようなものは必ずあるはずです」

数十人の治療を行うだけなら、オラクルからバーデンバルデンまでスギゴケを輸送すりゃいいんだけど、そうはいかない。

綿毛病は既に蔓延(まんえん)しており、数十人治療したところで焼石に水だ。

オラクルでもまだまだ綿毛病の患者が出ているように、継続的に治療していく必要もある。なので、レーベンストックが独力で全てを賄えるようにしなきゃならないのだ。

「辺境国の代表たるあなた様に直接お越しいただけるとは。レーベンストックはこの御恩を忘れません。必ずやお返しさせていただくことをお約束いたします」

ずっと押し黙っていた、いや、敢えて口を挟まないようにしていた猫耳の代表が感謝の意を伝えてきた。

「困った時はお互い様です。この困難、是非とも乗り越えましょう！」

平然とにこやかに微笑み返したものの、実のところ俺が来る以外の選択肢はなかったんだよな。

綿毛病の仕組みと対応策を語ることができるのは、俺以外にセコイアとペンギンのみ。

その中で政治的な交渉事があった場合、対応できるのは俺だけである。

なので、俺が来ることは必須だったたってわけだ。

シャルロッテに綿毛病の詳しい内容を教え込めば彼女でも対応できただろう。

だけど、彼女は彼女でガーデルマン伯らとの交易についての交渉事を任せてしまっているからなあ。

文官を育てないと……。

種族の代表たちとの会談が終わり、これからの方針も決まった。

測定の魔道具があるから、本人が言った通りエイルだけでも魔力密度測定の指導を行うことはできるだろう。

しかし、セコイアの手を借りた方がより効率的に習得できると考え、彼女をつけることにした。

ルンベルクとエリーには交互に俺の護衛を任せ、俺は植物鑑定で彼らに協力を約束した。

オラクルにあったスギゴケ（魔力型）のような植物の発見に寄与できれば最高なのだけど……。

「たった一日の滞在で申し訳ありませんが、やれる限り協力させていただきます」

「そのようなことは。賢公様自ら動いてくださるなど望外の喜びです！」

猫族の代表は真っ白の猫耳の片側だけをぴくりとさせ、恐縮したように言葉を返してきた。

そうなのだ。猫族の代表へ謝罪した通り、俺たちが滞在するのはたったの一日である。

本日夜まで過ごし、どこかで宿泊して翌日の昼頃にはオラクルへ戻る予定だ。

本当は適切な植物の発見まで協力したい。だけど、オラクルの街に残してきた課題が山積みだった。

投げっぱなしにして作業を任せている案件も一つや二つじゃあない。

特にシャルロッテに対応してもらっていることには危急のものもある。彼女は笑顔で送り出してくれたけど、オラクルにはまだ延ばし延ばしにできるような余裕なんてないのだ。

初のレーベンストック訪問がトンボ帰りとは……何のために来たんだと自嘲しそうになったが、来た甲斐は絶対にあると自分に活を入れる。

彼らに「直接」綿毛病の詳細を伝えることができただけでも大きな一歩になったはず。

オラクルの代表で実際に綿毛病の克服に尽力した者である俺の言葉だからこそ、疑いもせず真摯に受け止めてくれた……に違いない。

「こちらです」

「代表自ら案内していただきありがとうございます」

「いえ、私一人となってしまい、こちらこそ申し訳ありません」

前を歩く壮年の猫族の代表が振り返らぬまま頭を下げた。

彼以外の代表は、街の人たちに植物を集めるよう指示を出しに行っている。

彼は俺の案内として残り、植物鑑定会場まで連れていってくれるというわけだ。

会議をした場所でそのまま鑑定をしてもよかったのだけど、あの場は人を集めるのに向かない。

天気も良いし、屋外の広場で次から次へと植物を持ってきてもらう方が効率がいいだろう。

もっとも、広場がよいのではと思っているのは俺であって、前を行く彼ではない。

どんな場所に行くのか分からないけど、きっと俺の考えているような場所に近いところだろうと思う。

そうじゃなかったら、わざわざ場所を変えようなんて言ってこないのだから。

俺たちは会議した部屋を出て、天井が高い細い路地のような石畳の道を進んで行く。

やっぱりここは城壁の中に作られた隠された会議室のような場所なのかな？　こういう場所ってなんかワクワクする。

突き当たりを右に進んだところで、ぱっと視界が広くなる。

「おお」

「他国の街は初めてです！」

俺とエリーが同時に歓声をあげた。

ルンベルクも口には出さないが、右眉（みぎまゆ）をあげ何か思うところがある模様。

舗装のやり方が公国とはまるで違った。

土を押し固めた上に一メートルより少し大きな正方形の石の板を敷き詰めている。

色は薄いピンク色……かな。元は白かったのかもしれないけど、日光か植物かの影響で色が付いたのだと思う。

「ヨシュア様！」

「お、おう」

エリーに呼ばれ上を向く。

そうだよな。まず最初に道を見るなんて俺くらいのもんだろう。

「へえ。こいつはおもちゃ箱みたいな街並みだ」

「綺麗（きれい）です」

豆腐のような形をした建物が道沿いに並んでいる。

豆腐と表現したけど、建物の色も漆喰（しっくい）が塗られていて真っ白なんだ。

公国のように斜めになった屋根はなく、上部は平らになっている。傾斜のある屋根も、それはそれで取り付ける理由があるのだけど、こうして平らにしているのにもまた理由がある。

理由は……ええと。ポールにでも聞いてみるか。

「公国や辺境国とは装いが異なりますか？」

「ええ。まるで異なります。真っ白の建物は住居ですか？」

猫族の代表が足を止め、朗らかに問いかけてくる。

対する俺はもう完全にお上りさんといった感じで彼に返す。

「地域によって住処の形は大きく異なります。バーデンバルデンは雨風が少ない草原ですので、このような形になっております」

「良質の石灰が採掘できるのでしょうか？」

「それもあります。辺境伯様は建築にも造詣がおありなのですね」

「いえ。かじった程度です」

「ははは。ご謙遜を。でしたら屋根に傾斜が無いあの形にも興味を持たれたりされたのでしょうか」

「はい！　それはもう」

つい声が大きくなってしまった。丁度知りたいと思っていたことを彼が口にしたものだから。

「各家には梯子がかけてありまして、上に登ることができるようになっております。あそこで洗濯物を干したり、たまさかの雨の時は雨水を溜めたりしているのですよ」

「へえ。おもしろいですね」

屋上の庭みたいなものなのかな。

高い位置だと砂塵の影響が少ない、のかもしれない。乾燥地帯なら、ちょっとした風でも細かい粒子が舞い上がるからな。


猫族の代表の後ろをてくてくと歩くこと十分ほど。

大きな広場が見えて来たと思ったら、壮麗な宮殿が視界に映る。

こ、これはすごいな。

ローゼンハイムの教会もなかなかのものなのだけど、こちらはこちらで美しい。

薄緑色の四角い門構えは高さ十五メートルほどあり、壁には意匠が凝らされ、これだけで一級の美術品のようだった。

奥にある本殿はスカイブルーの丸いモスクのような円柱が三本立っていて、ここからだとちゃんと確認できないけどタイルが貼られているのではと思う。

広場は中央に行くほど低くなっていた。

中央部分は円形に植樹が行われていて、直径百五十メートルといったところか。

「ここは青の広場と言います。バーデンバルデンの象徴であり、青の宮殿には部族全(すべ)ての神を祀(まつ)っております」

「すごいところですね。オラクルの広場なんてこれに比べればまだまだです」

「お褒め頂き誇りに思います。青の広場へ植物を持ってこさせるように伝えております。辺境伯様はこちらでお待ちいただけましたら」

「承知しました」

「すぐに寛(くつろ)げる椅子、天蓋(てんがい)を準備いたします。それまでご辛抱ください」

と猫族の代表は言うが、俺たちがここに来ることが既に伝わっていたようで遠くに荷物を載せた台車を引く人たちが近づいてくるのが見えた。

「待っている間に一つお聞きしたいことが」

「はい。何なりとお申し付けください」

「お名前をお聞きしても？」

「失礼いたしました！　私は猫族の長と代表を兼任しておりますタイガと申します」

「タイガさん、改めてよろしくお願いします」

壮年の猫族ことタイガと握手を交わす。

「辺境伯様、お会いできて光栄です！　こちらへ！」

「ありがとう」

アルルより少し年上くらいの猫耳の女の子が、椅子に向け手のひらを伸ばす。

緊張からか笑顔は強ばり、尻尾が小刻みに揺れていた。

そんな彼女に向け朗らかな笑みを返し、ありがたく着席させてもらった。

椅子の前には家の中で使うような天板の分厚い立派な机が置かれている。これ、持ってくるのが大変だったろうに。

それにこの机、ドラゴンの彫り物までされている。……どこから持ってきたんだろ、これ……。

続いて彼らは四隅にポールを立て布を張り、屋根まで完成させたのだった。

後ろにエリーとルンベルクが控えているのも相まって、外にいながらにして執務室にいるかのような雰囲気となる。

　ずっと設置の様子を見守っていたタイガが、全ての作業が終わったと見たのか、深々と礼をして傍(そば)に置いた椅子に腰かけた。

　彼の後ろには先程の女の子と彼女より年長だろう青年が立つ。

　青年はタイガや女の子と異なり、ロシアンブルーのような猫頭だ。

　猫族には猫耳タイプと猫頭タイプがあるみたいだった。他の種族もそうなのだろうか。

　ついつい、しげしげと青年を見つめてしまった。

「間もなく民が参り始めると思います。殺到したとしても私どもが統制いたしますのでご安心を」

「お願いします」

　会釈を返したものの、タイガもここで俺が青年に注目してしまっていたことに気が付いたようだった。

　彼は柔和な笑みを引っ込め、真剣な顔でこちらに問いかけてくる。

「……辺境伯様は私が『混じりもの』だというのに、族長であることをどう思われますか？」

「混じりもの……二種族の特性を併せ持つということですか？」

「そうです。辺境伯様は種族というものについて隔たりを感じることはありますか？」

「羨(うらや)ましいと思うことはあります。私のメイドに猫族がいまして。彼女、とても身軽なんですよ！　体も柔らかいし、私なんて」

　彼は他の種族と猫族との間に生まれたということなのかな。この言葉から察するに他の種族との間に生まれたので彼は猫頭ではなかったと推測できる。

となると、アルルも後ろの女の子もタイガと同じということ？

猫族事情はよく分からない……な。

猫族の猫耳と猫頭の件で脳内がいっぱいになっていた俺に対し、タイガは一度口を開いたものの戸惑ったようにすぐ閉じた。

「どうされましたか？」

俺が尋ねると彼は意を決したように真っ直ぐ俺を見つめ問いかけてくる。

「不敬を承知でお尋ねします。辺境伯様は本当に敬虔な聖教徒なのでしょうか」

「一応、聖教徒ということになっていますが、正直……。聖教徒といえども人間以外の種族についても対等との教えを受けておりますよ」

何だそんなことを心配していたのか。

うちには獣人どころか、ペンギンまでいるんだぜ。

人間並みの知性を持ち、言葉を交わし合えるのなら友人となれる。

「くだらないことを聞いてしまいました。辺境伯様はどの種族の血であるとか、血統であるとか気にする方ではないと知っていながらお聞きしてしまいました」

「ご自身の出自のことがありつつも、族長になられたことを気にされていたのですか？」

「はい。いつも気にしておりました。ですが、辺境伯様を見ていると私もという気持ちになってきます。働きで自分こそ相応しいと示せばよいのですよね」

「それは違う」と否定しようと喉元まで出かかったが、グッと堪える。

俺はそんな聖人のような人ではない。転生し公爵の血筋に生まれたことをラッキーと思って、これで楽できると喜んでいた。

現実は非情であったが……。

しかし、血統だとか種族、人種だとかで偏った見方をすることをしないようにはしてきたつもりだ。

これは公爵に生まれたからというわけではなく、前世の記憶からだな。

社会人になってから本当にいろんな人に会ったものだった。人は決して見た目で判断してはいけないと何度か思い知らされたしさ……。

「誰しもが多かれ少なかれ、仲間意識を持っています。我々とてそうです。聖教徒はまず聖教徒から救う。ですが、辺境伯様は我らを救いに来てくださった」

「公国は万全の体制を布いています。他の国は遠すぎますし。私たちは辺境にいますからね」

迂遠な聞き方だったが、俺がまず聖教国へ救援に向かわなかったことを不思議に思っていたのか。

聖教の信徒の殆どは人間だ。なので、彼は真っ先に俺がレーベンストックに来た事について疑念を抱いていたのかも。

ははは と軽く笑うと、釣られてタイガも口元の皺を深くして笑顔で返す。

「ヨ、ヨシュア様は」

「エリーゼ」

小刻みに首を震わせ感極まった様子で俺の名を呼ぶエリーをルンベルクが窘める。

「エリー。思うところがあったら言って欲しい。よいよな？　ルンベルク」

「御心のままに。出過ぎた真似を、申し訳ありません」

「いや、こうして公の場で発言していいか悪いかを判断し、言うべきところでちゃんと律してくれることにいつも感謝しているよ」

「ヨシュア様……」

ルンベルクが絹のハンカチを目元に……。

いつもながら彼は感動屋だなあ。

「ヨシュア様は『今』の私を見てくださいます。出自のことをヨシュア様から尋ねられたことは一度たりともございません」

「そうだったな」

うんうんと頷く。

エリーの言う通りだ。俺は彼らの過去を尋ねたことはない。

どのような過去がハウスキーパーたちにあったのか、知りたくないと言えば嘘になるけど、むやみに詮索すべきではないと思っている。

出自も分からぬ人を家の中に受け入れるなんてもってのほかだって？

いやいや、彼らは信用できる。だって、俺が信じているルンベルクが自信を持って紹介してくれた人たちなのだから。

現に彼らが家に来てから現在に至るまで、俺が満足できない仕事をしたことなど一度たりともない。

辺境に行くと伝えた時も、「ついていく」と即答してくれた。

本当に俺には勿体ないハウスキーパーたちだよ。

「すいません。内輪の話をこのようなところで」

「いえ、辺境伯様のお人柄を垣間見ることができ、胸が熱くなりました。名残惜しいですが、そろそろ歓談も終わりですね」

タイガの言う通り、最初の来訪者がやってきたようだった。

見た目から察するにネズミ族の夫婦かな？　どちらもネズミ頭でぬいぐるみのように愛らしい。とてもモフモフしている。

彼らは大きな籠を二人で挟んで持っていて、俺に向けペコリとお辞儀をする。

籠にはこんもりと緑色のものが積まれていた。

さて、植物鑑定タイムの始まりだ。


ネズミ族の二人は夫婦じゃなくて兄妹だった。

体つきで大人か子供か判断できることが多いけど、ネズミ族は大人になってもセコイアくらいの身長にしかならないのだよね。

なんで知ってるのかって？

円卓のテーブルがある場所で会談をした時、各部族の代表がいただろ。そこでネズミ族の代表とも別れ際に握手を交わしている。

じゃあどこで判断したのかというと、声だ。

男の子の方が少年みたいな声だったことから、女の子の方もまだ小学生くらいと予想できた。

「ど、どうですか？」

不安気に鼻をひくひくさせ、固唾を飲んで見守る兄の方。妹は兄の服の袖を掴みじっとこちらを見つめている。

「一つ一つ調べていくよ。ありがとう」

いつの間にやら彼らの後ろに数組並んでいたので、俺の鑑定が終わるまで待っててもらうわけにもいかなかった。

彼らは控えていた猫耳の女の子に導かれ、天幕の外に移動して行く。

「辺境伯様！　ワタシは商人をやっておりますです。この辺りでとれないものも、持ってきましたですはい」

「ありがとう。全部確認させてもらうよ」

パンパンに膨らんだお腹が特徴的な熊頭の商人が次の来訪者だった。

クリーム色のエプロン姿とつぶらなおめめも相まってぬいぐるみのようだ。毛色は焦げ茶色である。

抱きしめたら気持ち良さそう……。おっといかんいかん、仕事仕事。

しかし、こうもたくさん並んでいると、一人一人の相手をしていたら鑑定することができないな。

「ルンベルク。せっかく来てくれた人たちにせめて直接お礼を言おうと思っていたのだけど、こうも並ぶと俺の作業が進まない」

「然り(しか)と存じます」

「代わりに受け取りを任せてもいいかな。俺は鑑定に精を出してると伝えて欲しい」

「御心のままに」

片膝(かたひざ)をついたルンベルクが、頭を下げ了承の意を示した。

「エリー。持ってきてくれたものを整理しつつ、一つずつ俺に渡してもらえるか？」

「はい！」

エリーと協力して、ようやく本題の植物鑑定を開始する。

一つ目。

ふむ。ふむふむ。

雑草の一種だが、虫下しに使えるそうだ。特段魔力は関わってない。

二つ目。

蔦(つた)状植物か。ブドウの一種らしい。乾燥したステップ性の気候が至適だそうだ。オラクルで育てるなら南側の崖(がけ)がある辺りかな。

水やりさえすれば育ちそう。

「次、頼む」

「はい！」

「っと、大きいな」

「私が支えます」

「ありがとう。そのまま持ってて」

「ヨ、ヨシュア様の手が……」

「すまん、ついコンコンしてみたくなるんだよな」

「いえ！　しかと手を重ねていただいても」

ふんすと鼻を鳴らすエリーのことはスルーして、彼女の持つ瓜(うり)の一種を鑑定することにした。

「え、えええ……」

「ヨシュア様に何か危機が！」

「あ、いや。鑑定の結果に驚いただけだから、そのポーズはやめような」

「は、はしたない真似を、申し訳ありません」

両手の指先を曲げガオーのポーズをしてにじり寄るエリーを窘(たしな)める。

彼女は自分の体勢が恥ずかしかったのか、頬(ほお)を赤らめ顔を逸(そ)らす。

「これ、瓜だと思ったら種だった」

「大きな種なのですね」

種はアーモンド型で手のひらに収まりきらないほどの大きさがある。

色は暗褐色で縦に細かい線が入っていた。

『名前：ジャイアントホホバ
概要：種子から良質のオイルがとれる。保湿効果が高い。
育て方：貧栄養、雨量の少ない地域で育つ。水の与え過ぎに注意』

ホホバということに驚いたんだよね。

地球産のホホバはほんの小さな種である。鑑定結果の情報によると地球産のホホバと同じような用途で使うことができそうだ。

食用よりは、マッサージオイルやシャンプー、トリートメントオイルに利用することがおすすめである。

「こいつは持ち帰って育てたいな。特にオラクルの女性陣が喜びそうだ」

「この種が、ですか？」

「うん。この種から採れる油は保湿効果がとても高く、肌に直接塗っても大丈夫なほど低刺激性なんだ」

「素敵ですね！」

エリーと顔を見合わせ頷き合う。

帰るまでにこの種をいくつかもらえるように交渉しよう。

「これは……芋だな……食用」

「次はこちらです」

「……一年草、特に使い道はない」

「どうぞ。ヨシュア様」

「これも特筆すべきことはない……」

最初の頃は一つ一つ鑑定するたびに感想を述べたり、一喜一憂したりしていたのだけど五十を超える頃からどんどん口数が少なくなっていった。

百を超える頃には作業となり……今は百五十個目くらいだろうか。

「ヨシュア様。ずっとギフトを使われていらっしゃるのですか？」

客人の対応を続けていてくれたルンベルクが肩で息をする俺を心配し声をかけてくる。

「うん、流れ作業が続いてるから。疲れてきてしまったよ」

「エリーゼ。ヨシュア様はどれほどのギフトを？」

「二百二十一回です。対象を見つめるお姿が素敵です」

「ヨシュア様。早急に休息を挟んで頂けますよう愚考いたします」

「ん？」

「いくらヨシュア様と言えども、ギフトの連続使用が二百とは尋常ではありません」

そ、そうなの？

疲労感があることは間違いないけど、ギフトを使ったからではない。

単純作業が辛くて……が原因だ。

今までこれほど連続で植物鑑定を使ったことはなかったけど、特に体調に変化はない。

辺境に来た頃も食用の植物を探すために大量に鑑定した。あの時も特にこれといって体に問題はなかった。

「辺境伯様。我らのことを慮るお気持ちは重々承知しております。ですが、ルンベルク殿のおっしゃる通り、少しお休みになってください」

今度はタイガが気を遣ってくれる。ここでようやく俺は彼の様子に気が付いた。

彼は俺に休憩を挟んでもらうように言う機会を窺っていたのだな。集中して回りを見る余裕が無かった。

「お言葉に甘えて、少し休ませて頂きます。その方が結果的に数をこなせそうです」

「どうぞ、ご休憩ください。ハーブティーと何か軽食をお持ちします」

タイガの言葉に反応した猫族の青年が、ささっと天幕から外へ出ていく。

女の子の方は外で来客をさばいてくれているようだった。

間もなく猫族の青年がお盆にティーポットとカップを載せて戻ってくる。

コポコポとカップにハーブティーを注いでくれる青年。

彼は俺の分だけではなく、ルンベルクとエリーの分まで準備してくれた。

「一緒に頂こう。二人とも座って」

「失礼いたします」

「畏まりました」

二人も着席し、続いてお茶菓子がテーブルに置かれる。

お、草餅かな？

こいつは珍しい。公国でも一度だけ食べたことがあるのだけど、日本で食べたことのある草餅と少し食感が違うんだよな。

もち米？　に似たような小麦粉っぽい何か……ええと、名前は忘れてしまった……を使っているのだっけ。

「このお菓子、公国では草餅というのですが、バーデンバルデンではよく食べられるのですか？」

「客人をもてなす時に使われることがございます。特に長旅で疲れた客人に少しでも元気になって頂くために振舞われます」

「貴重なものをありがとうございます」

「いえいえ、それほど貴重なものではありませんので恐縮です」

「食べると元気になるなんて素晴らしいお菓子ですね」

異世界を侮ってはいけない。文字通り疲労回復することもあるからな。

痛み止めを飲んで頭痛が消えるがごとく、疲労も同じように消えてしまう夢のような食べ物が……。

シャルロッテ辺りに知られると、毎日食べさせられそうだ……。いやいや、働き続けることが目的のお菓子ではないだろうに。

それはともかくとして、さっそく一つ食べてみよう。

「ふむふむ」

草餅は中に餡子が入っていないかわりに、栗をシロップで煮込んだものが入っていた。このシロップ……もしや、砂糖を使っている？

砂糖、砂糖か！

公国で最も一般的な甘味料はハチミツである。辺境だとカンパーランドシロップだな。

公国時代に砂糖を使った料理なりお菓子なりを食べたことは数えるほどしかない。

というのは、砂糖の原産地が原因である。砂糖は遠く都市国家連合を経由して輸入されていた。

確か都市国家連合に所属する島嶼がサトウキビの産地だとか何とか。

「辺境伯様、いかがいたしましたか？」

「いえ、この栗に使われている甘味料が気になりまして」

一口食べたまま思案していた俺に向けタイガが不安そうに問いかけてくる。

いかんいかん、ついつい考え込んでしまった。

俺の返答を聞いた彼は納得がいったのか「うむうむ」と頷き、言葉を続ける。

「それはある種の虫を煎じたものです」

「へええ。人工飼育できるのかな？」

「試したことはありませんが。木の蜜に集まるイナゴの一種です」

「サンプルを頂けるのでしたら、是非とも」

言った後しまったと気がつく。砂糖ではなかったものの、似通っている甘味料はとかく貴重だ。

それをいけしゃあしゃあとうちで育てたいからなんてことは不躾に過ぎる。

すぐさま否定しようとしたが、タイガがにこりとした顔で先んじた。

「準備いたします。生きているものが手に入ればいいのですが。煎じ方もあなた様に付き添うどちらかに申し付けてお伝えするよう手配します」

「い、いいえ！　それはさすがに」

「もし、量産できた暁には、我々にも卸して頂けると幸いです。その際は少しお勉強して頂けますと」

「い、いえいえ。こちらが輸入させてください」

「市場に回るほどはとれていないのです。人工飼育に挑戦する者もおらず」

「でしたら、共同開発ということにさせて頂けますか？　誰か一人、派遣してくださるだけで構いませんので」

タイガは驚いたように細い目を見開き、品の良い笑い声をあげる。

「辺境伯様、本当にあなた様という方は。単に人が良いというだけでなく、商業的、政治的な感覚も含め、感服いたしました」

「い、いえ」

人材が欲しいこちらが資金を出すというのは、レーベンストック側に譲った形に見えるかもしれない。だけど、辺境国にも多大なメリットがある。

俺たちが欲する人材をタイガは理解しているはず。

それは、砂糖に似た甘味料の元となる虫のことに詳しく、煎じ方にも精通している人物である。実験をするのは俺たちの資金だけど、件の人材がいることで、どれだけ助かることか。

時間も資金も数倍変わってくることだろう。

虫の飼育に成功した暁には、もちろんレーベンストックに技術を持って帰ってもらうつもりだ。レーベンストックで砂糖産業が花開けば嬉しい。その時には辺境国でも砂糖を生産していることだろうけどね。

だけど、レーベンストックと辺境国では国の規模が大人と子供以上に違うので、彼らは彼らで砂糖を輸出することに支障はないはず。

彼らの協力が徒労に終わらぬよう、虫の人工飼育を成功させねばな。

ん？　もちろん俺は飼育技術なんて微塵たりとも持ち合わせていない。有識者を集めて、あれやこれやと試すことになるだろう。

辺境国はオラクルの街一つで構成されている小さな国だ。小さいからこそ小回りが利き、トップダウンで注力したい産業に力を注ぐことができる。

成功率はそこまで悪いものじゃあない、はず。

他力本願万歳であることは否定しない……。

おっと、俺だけ草餅を頂いているじゃないか。

「エリー、ルンベルクも草餅を頂いてくれないか？　せっかく二人の分もタイガさんが準備してくださったのだから」

「恐縮です」

「畏まりました。お心痛み入ります」

二人はタイガに向け深々と頭を下げてから草餅に手を付けた。

「ほう……」

「美味しいです」

ルンベルクが目を細め、息を漏らす。エリーはもう幸せいっぱいといった感じで頬が緩んでいた。

「おいしいよな。草餅」

「はい。味もさることながら、魔力が回復することによって疲れが取れるので、体調の改善に効果があるかと愚考いたします」

「ほ、ほう」

「ヨシュア様もギフトの多用でお疲れのことでしょう。この草餅で少しはお元気になられたのでは？」

「ま、まあそうね」

口ではそう言ったものの、変な形で顔が固まってしまったじゃないか。

タイガが「疲れた客人に振舞う」と言っていたので体力を回復させる効果があるのかと思っていたが、どうやらそうじゃないらしい。

微塵たりとも体力が戻ったとは感じないのだ。

……なるほど。体力が回復したとは感じていなかったが、ルンベルクの言う通り、魔力が回復する食べ物だったんだな。

てことはだな。餅の原料である小麦粉に似た粉には特筆すべき特徴はない。

虫が原因であったらお手上げだけど、一度調べてみる価値はある。

そんなわけでさっそく草餅を植物鑑定してみる。

ほ、ほう。

「タイガさん。草餅に使われている草は希少なものなのでしょうか？」

「いえ。珍しいものではありません。雑草扱いされているほどですので」

となると。量を集めることも容易いか。いけるかもしれんぞ。

「なるほど。この草……カヤツリグサの一種なのですが、一般的な多年草、一年草に比べると単位面積あたりの魔力保有量が十倍にも及びます」

「それが草餅に疲労回復、魔力回復効果がある理由なのですね」

「そうです。地下茎を伸ばすタイプの草なんですけど、根と葉から魔力を吸収するんです」

「そういう事ですか！」

「はい。オラクルから持ち込んだスギゴケ（魔力型）ほどの魔力吸収量はありませんので、ベッドのように敷き詰めて、その上に患者を寝かせればいけるかもしれません」

「ありがとうございます！　まさかたった半日で目的のものが見つかるとは！」

感極まったように俺の手を両手で握りしめるタイガ。

「これは私の力で発見したものではありません。タイガさんの気遣いがきっかけでルンベルクとエリーが気づき、発見に至ったのです」

「辺境伯様……。私は公爵時代のあなた様の噂(うわさ)を何度も聞いてきました。領民が崇拝するほどまで信頼厚い君主だと。正直、一体どれほどのものかと訝(いぶか)しんでおりました」

「噂は所詮(しょせん)噂ですからね。噂には尾ひれがつくものです」

「いえ！　私は以前の自分を殴り飛ばしたい。あなた様がこれほどまで慕われる理由を肌で直接感じることができました。長の身でありながらも、あなた様に付き従いたくなるほどに」

「それは過分な評価ですよ」

は、ははは……。

本当にたまたま発見しただけだからな。

分かってるって。発見したことに対して言っているんじゃないってことを。だけど、手放しで褒められるほどのことをしたつもりはない。

「え、ええと。タイガさん。すぐに植物を集めている人たちに作業を止めさせないとですよ」

「そうですね。すぐにカヤツリグサ？　でしたか。それを集めさせるように指示を出します！」

タイガは控える若い猫耳族の二人に目配せをする。

頷きを返した彼らはすぐに動き始めたのだった。

その日の晩、アールヴ族エイルの屋敷に泊めてもらうことになった。

彼女の家は蔦が覆う白の箱といった感じだ。

蔦が赤い小さな花を咲かせており、純白の外壁、濃い緑色の蔦とよいコントラストになっている。

彼女の屋敷は広場に来るまでに見た他の住居より大きいものの、作り自体はバーデンバルデン風だった。

各種族ごとに自分たちの故郷にあるような家を作るのかと思ったけど、個々人に任せているとのこと。

一例として、エイルの屋敷に泊まることが決まる前、猫族のタイガからも是非にと誘われたんだよ。その時彼から聞いたところ、彼の屋敷はバーデンバルデン風ではないとのことだった。

エイル曰く、気候風土にあった家の方が快適に過ごせるのだそうだ。

確かにそれはそれで理にかなっているよな。オラクルの街並みは公都ローゼンハイムと似たような感じになっている。俺は特に辺境国風の独自性を出そうと指示はしなかった。だけど、五十年もすれば自然と辺境国風ってのが生まれていると思う。

長い時を経るといつのまにやら伝統ができているものだ。俺が老衰するまでにどんな風に変わるのか楽しみである。

もちろん、ゆったりとした暮らしをしながら時折街を眺める……ことになっているはず。

……よそう。未来の妄想は。今を乗り切らなきゃ未来は来ない。

「ふ、ふふふ」

あまりの激務に変なテンションになってしまい、客室のベッドに寝転がり不気味に笑う。

「ひょっとして、ボクに欲情しはじめたのか。構わんぞ」

「いや、全く」

隣のベッドからぴょこんと跳ねた狐耳（きつね）は俺の寝そべるベッドにダイブする。

対する俺はゴロンと転がってベッドから降り、そのまま立ち上がった。

後ろでベッドがドスンと音を立てる。

「なんじゃもう。ボクと同衾（どうきん）しておきながら」

「異国だから護衛が必要。それはまあ理解できる。だけど、同じ部屋じゃないといけないのだっけ？」

「もちろんじゃ。ほれ、既にこの部屋には風の結界を施しているのじゃ。ボクがいなければ解除されるぞ」

「……風の結界なんてあるのか。てっきり、賊が押し入った場合、セコイアが物理的に殴るのかとばかり」

「キミはボクが偉大なる魔法使いであることを分かっておらぬな」

「物理攻撃もできるだろ？」

「……まあ、素手で壁をブチ破るくらいなら。たいしたことはできん」

え、えええ……。ここの壁をぶち抜くの？

日本じゃ考えられんレベルの物理攻撃だぞ、それ。

となると、エリーもそれくらいはできちゃう？

「あ、そういやさ。風の魔法って飛行船でも使っていたよな」

「うむ」

「あれは離れていても大丈夫とかなんとか」

「ボクだからじゃよ。どうじゃ、褒めてよいぞ。褒める時は頭を撫でるのじゃ」

「ほいほい」

ふわふわの頭を撫でると彼女は気持ちよさそうに目を細める……だけじゃなく口元も緩む。

これだけ油断しているのなら、いけそうだ。

「じゃあさ。偉大な魔法使いのセコイアだったら、結界とやらも離れていても維持できそうだな。どれくらい離れてもいけそうなんだ？」

「そうじゃな。二百メートル、いや四百はいける」

「よおしわかった。セコイアさんをお隣にご案内ー」

「ここに結界があるのじゃから、離れるわけには……はっ！　ヨシュアー！」

「冗談だって。何が起こるか分からないし。悪いけど一晩頼むよ」

さあ、俺のベッドからどいたどいたと手をシッシとする。

しかしセコイアはゴロンと俺のベッドに寝転がり両足をバタバタとさせるばかり。

仕方あるまい。それならそれで、セコイアのベッドで寝転べばいいか。

幸い、彼女用のベッドは俺と同じサイズである。子供用の小さなベッドだったら難儀したけど、これなら全く問題ないぜ。

コンコン――。

セコイアと睨み合い、場所取り合戦をしている最中、扉を叩く音が響く。

「どうぞー」

「辺境伯様。お嬢様はまだ起きてらっしゃったのですか」

やってきたのは昼間とは装いの違うエイルだった。

黒っぽいピタリとしたドレスを纏い、頭に金色のかんざしをさしている。かんざしの先にはアールヴ族をイメージしたものなのか、アゲハ蝶があしらわれていた。

両手で左右からつまみ引っ張っていたセコイアの頬っぺたから手を離し、何事もなかったかのように立ち上がり彼女に応じる。

「まだやり残したことがありましたか？」

「いえ。タイガより大車輪のご活躍だったとお聞きしております。改めて感謝を」

「私はほんの少し背中を押したに過ぎません」

「ここに参ったのは、お嬢様の前では少し……」

目を伏せ、蝶の翅を震わせるエイル。黒いドレスから覗く鎖骨が妙に艶めかしい。

このシチュエーションを放っておくセコイアではなく……。

「なんじゃー。ボクがどうしたというのじゃ」

「お子様は引っ込んでなさいってことだ」

「なんじゃとお！」

飛び掛かってきたセコイアを華麗に回避し、ふふんと鼻を鳴らす。

そんな俺の耳元に背伸びしたエイルがそっと顔を寄せる。そこで、彼女の背中がチラリと目に映った。

なるほど。背中が大きくあいているドレスなのか、これだと翅を邪魔しない。

「……夜伽に参ろうとしたのですが、お嬢様もいらっしゃいますし……」

「え……」

ギョッとして思わず彼女を凝視する。

対する彼女はいたずらっぽくくすりと微笑み、つま先立ちになった足先を元に戻す。

「冗談です。ご気分を害されてしまったのでしたら、申し訳ありません」

「いえいえ。私にそのような冗談を言ってくれる人も少ないので。気さくに接して頂いた方が好ましいです」

辺境伯という立場だと、気楽に接してもらえることは少ない。

バルトロやアルルは喋りやすい口調で、と言って実際そうしてくれているんだけど、そうはいっても俺はやはり雇い主なわけで……。

セコイアやペンギンみたいな人が近くにいてくれて本当によかったと思っている。

「今日は天気もよく、風も強くありません」

「いつもはもっと風が強いのですか？」

「はい。このような日ならと思い、見に行かせたところ幸運にもいました。是非、辺境伯様にも見て頂きたいと参じた次第です」

「見る？　とは」

「夜空に浮かぶ星のような光景をご覧になって頂こうと」

「それは貴重な体験ができそうです。エリーやルンベルクも誘って見に行かせてください」

「はい。お二人もお呼びいたします。準備が整いましたら屋敷の広間までお越しくださいませ」

上品な礼をしたエイルはしずしずと扉口まで歩き、再び深々と礼をしてから部屋を出ていく。

「んじゃ、行くか。セコイア」

「星のごとくか。何があるのじゃろうな」

「何となく、これじゃないかなってのはあるけど、考えるのはよして楽しみにしときたい」

「うむ。ならばいざ行かん」

「準備はいいのか？」

「このままでよい。キミもじゃろ？」

「おうとも」

ぺしんと手を叩き合い、すぐさま部屋を出るセコイアと俺であった。


夜の馬車ってなんだか不思議な感じだ。

そんな馬車を引くのは大型の狼のような動物だった。彼らは夜目がきくのだとのこと。

五人が乗る馬車をたった三匹で引っ張っているのだから、なかなかの力持ちだと思う。

残念ながら騎乗するには小さすぎるかな。

あ、ペンギンなら乗れるかも。でも、騎乗するには大きいだけじゃダメなんだ。

背骨が頑丈じゃないと騎乗者の体重を支えることができない。

シマウマは背中に乗せることのできる重量の問題で、人を乗せることができない……と聞いた覚えがある。

ペンギンは割に重たいので、サイズ的には問題なくとも狼に乗ることはできないかもなあ。

歩くより少し速いくらいの速度で馬車が進んでいく。

前方を魔法の灯りで照らしながら。

狼には暗いところが見えても御者であるアールヴ族の人は明るくないと前方が見えないものな。

御者という制約がなければ、狼はもっと速く走ることができそうだけど。

夜の街は軒先にランタンが光を放っていてまるで御伽噺の中に来たような光景が広がっていた。

おもちゃ箱のような家の形がそうさせるのだろうか。

公都ローゼンハイムも夜になるとランタンの灯りが灯っているけど、バーデンバルデンとはかなり趣が異なる。公都はもっとビカビカと光が強いからかなあ。

こちらは全て一階建ての豆腐のような家の軒先に一つだけランタンが吊るしてある。なので、ポツポツとオレンジの光が灯っていて幻想的な雰囲気が出せているのかもしれない。

門を抜け、二十分ほど進んだところで馬車が停車する。

「お、おお」

降りて左手を見ると思わず声が出た。

真っ暗闇(くらやみ)の中、そこかしこに黄緑色の小さな光が浮かんでいたんだ。

「綺麗(きれい)です！」

「こいつはなかなかじゃの」

俺に続いて降りてきたエリーとセコイアが感想を述べる。

何故か腕を組み得意気なセコイアは、過去に黄緑色の光を見たことがあるのかな。

俺の記憶の中でこの光にもっとも近いのはホタルだ。ここにいるのがホタルに似た生き物なのかは、実物を見てみないと分からないけど。

異世界は地球じゃあ想像できない生き物が大量にいるからな。植物鑑定していても新しい発見ばかりなのだから。

不思議なことに俺が鑑定することができる植物に限って見てみても、地球にそっくりな植物は多数ある。

こちらは魔力という地球にはないエネルギーがあるわけだけど、収斂進化(しゅうれんしんか)なのか遺伝子的にも同じなのかは不明。

残念ながら、植物鑑定は地球の分類学的な分け方はしてくれないのだ。

綿毛病の時にバンコファンガスが原因だと突き止めたことがある。俺は分類学にそれほど詳しいわけじゃあないけど、バンコファンガスはキノコの一種だった。

キノコは菌類で、「植物」というカテゴリーに含んでいいものか疑問が残る。

この辺の話をペンギンとすれば、「今夜は寝かせないぞ」になりそうだ。

要は何が言いたいのかというと、「植物鑑定」の言う「植物」ってのはどこからどこまでが含まれているのかとても曖昧（あいまい）だってこと。

俺が想像する植物は分類群でいうところの「植物界」に所属する生物である。この中に菌類は含まれていないんだ。

だけど、キノコの鑑定はできる。

考えたらきりがないし、鑑定できる方がいいに決まっているから植物鑑定の範囲について特に追求するつもりはない。

……そんなことより、今はこの風景を楽しもうじゃないか。

黄緑色の光はとても綺麗なのだけど、ホタルの動きと少し違う気がするな。空を飛んでいるようには見えない。

宙に浮いているように見えるのも、葉っぱにとまっているからだと思う。

「いかがでしょうか。バーデンバルデンの宝石は」

「素晴らしいです。誘っていただきありがとうございます。宝石とは、まさにその通りですね！」

すっと俺の横に立ったエイルに鼻息荒く応じる。

いやあ、異世界に来てホタル狩りができるとは思わなかったよ。

でも、水の音はしないから水場に生息する生き物ではないのかな？

しばらく何も考えずぼーっと黄緑色の光を眺め、ほおと息をつく。

「お、おお？」

移動してきた黄緑色の光が服の袖に当たる。

そこで光の主の姿を見ることができた。

へえ、バッタなのか。

そいつはトノサマバッタに近い形をしていた。光っているのはホタルに似てお尻の部分みたいだ。

手を伸ばし捕まえようとしたら、察知されたのかバッタがぴょーんと跳ねる。

「きゃ」

バッタがエリーの頭につけたホワイトブリムに着地した。

驚いた彼女は可愛らしい声をあげる。

「待ってろ。とってやるからな」

「は、はい。是非！」

エリーはすごい食いつきで頭を前にやり、背伸びまでする。

よおし、今度はそろそろとバッタを刺激しないように……あ。

また跳ねちゃった。

「む」

「ルンベルク。じっとしてて」

お次はルンベルクの分厚い肩にバッタがとまる。

今度は俺が背伸びして上からそろりと指先を伸ばして、バッタをつま……めない。

こ、こいつ、結構すばしっこいな。

またしても逃げおおせたバッタは地面を跳ね、草の上に乗る。

「捕まえたいのかの？」

「いや、たまたま服に引っ付いたから。捕まえて持って帰ろうって気はないよ」

「ふむ。虫の飼育をしたかったんじゃなかったのかの？」

「これじゃない。目的のはイナゴだったっけ、砂糖のような甘い粉が取れる虫だよ」

「詳しくは聞いておらんかったからの。甘い粉が取れる虫か。そいつは……」

セコイアー。涎、涎が出ている。

ルンベルクに目配せし、彼から絹のハンカチを受け取った。

膝をかがめ、セコイアの口を幼児にやるように拭いてやる。

「辺境伯様。本当に気さくな方なのですね」

俺たちの様子を見守っていたエイルが口に手を当て上品にくすりと笑う。

「みんな、本当にいい人たちなんですよ。仕事もとてもできるんですよ」

「辺境伯様方を拝見していると、私も輪に加わらせて頂きたくなってきます」

「は、はは」

「族長の身でなければ、是非、辺境国にという気持ちは社交辞令ではありませんわ」

「旅行でも視察でも大歓迎ですよ。いつでもお越しください」

そんなやりとりをエイルと交わした後、この場もお開きとなり帰路につく俺たちであった。

——翌日昼前。

たくさんの土産(みやげ)と一人の人材を乗せ、多くの人たちに見送られながら飛行船が空に浮かぶ。

あっという間のレーベンストック訪問だったけど、得る物は多かった。

いくつかの食材も手に入ったし、砂糖に似た粉を産出する虫のサンプルに関しては、育てるために領民が一人随行してくれている。

躊躇(ちゅうちょ)なく人を派遣してくれたことこそ、今回の一番の収穫だ。

このことはレーベンストックは俺たち辺境国を信じるに値すると見てくれている証(あかし)となる。

いやいや、犠牲者として選ばれたのではないかと思うかもしれない。

そこは疑うより信じた方が幸せだろ？　俺はレーベンストックから来てくれた客人に対し、ちゃんとしたもてなしをするつもりだ。

でも……しっかりと働いてもらうつもりだけどね。

暗黒の湖を抜け山を越えると、オラクルの街が見えてきた。高度を落とした飛行船はゆっくりと発着場に着陸する。

何事もなく到着できてなによりだ。

もし事故が起こった場合に備え、パラシュートなどの緊急退避策を準備した方がいいかもしれない。

いつもいつもセコイアが乗船するとは限らないからな。今後、飛行船で定期便を運用しようとした場合、安全対策は必須である。

飛行船が事故で落下する事態となった際の対応策を練ることができるまで、彼女にはパラシュートの代わりになる魔法を使ってもらうためにも乗船してもらわないとな。今のところ、無事に飛行できているのでセコイアの魔法の出番はないが、万が一落ちた場合には彼女の魔法頼りになる。尻尾をピンと立て得意気に「十人くらいまで余裕じゃ」なんて言っていたけど、実際に試したわけじゃないからなあ。

彼女の緊急退避用の魔法は空を飛ぶわけではなく、落下速度を軽減するだけと条件がつくけど。

発着場でセコイアと別れ、屋敷に向かう。

彼女にはレーベンストックからの客人を仮住まいまで案内してもらうことにした。

仮住居は鍛冶場付近に並んだ家だ。

綿毛病の時に隔離用に作ったのだけど、今は一部空き家になっている。

一部というのは、ガラム、トーレ、彼らの弟子たち、セコイアはここに住んでいるから。

セコイアの提案で、今晩は客人を彼らにもてなしてもらうことになったのだ。

俺が直接お相手しようと思っていたのだけど、「キミじゃあ気が休まらないじゃろ」とかなんとか。

セコイアもセコイアなりに気を遣ってくれたというわけだ。ありがたい。

屋敷に戻るとすっかり日は落ち半月が空を照らしていた。

オラクルの街は燃焼石と魔石の供給をようやく開始したところで、屋内はともかく街灯はまだまだ少ない。

各家庭も屋外にランタンを吊るしている家は殆どない状況だ。今後、ランタンを含めた灯具や魔石が安定供給されていくことで、オラクル風の夜が生まれてくることだろう。

半年後が楽しみだ。その頃には、居酒屋とか飲食店も営業を始めてるかなあ。

ガーデルマン伯らとの交易が始まれば、この辺りは一気に活性化すると思われる。

ルンベルクが屋敷の入口扉を開き、エリーと並んでどうぞとばかりに洗練された礼をする。

エリーも彼と同じく慣れたもので、ルンベルクの動きにばっちり合わせて頭を下げていた。

「ただいまー」

「おかえりなさい。ヨシュア様！」

猫耳をぴこぴこさせ、尻尾をピンと立てたアルルが満面の笑みで俺を出迎える。

ニコニコする彼女に会釈をして、指を一本立てた。

「バルトロは？」

「いるよ！　もうすぐ、できるって」

「ん？」

「バルトロがか。それは楽しみなようなそうでないような」

「お食事！」

「これでもなかなかのもんなんだ、ぜ、って」

「ほほう。では賞味してしんぜよう」

何様だよって我ながら思う謎のセリフで返した俺はアルルと並びさっそく食堂へ移動する。

ルンベルクとエリーも誘ったんだけど、後から行くとのこと。お家（うち）を一日空けていたから、欠かせぬ家事があるのかな？

いや、ひょっとして持ち帰った荷物を……？

荷物なんて明日でいいのに。

いや……エリーのパワーなら一瞬で終わるか。

彼女の馬鹿力を体験したのは、ルビコン川の向こう側へ初めて行った時のことだった。向こう岸までの距離は二十メートルほどあったのだけど、エリーが俺を抱えてジャンプしてさ。あの時は驚いたのなんのって。しかし、よりによってお姫様抱っこしなくてもいいのに。

そういや俺、他にも同じように抱っこされた気がする。いつだったのかもはや覚えていないけど……。

お、俺だってやろうと思ったら姫抱きくらいできるぜ。見てろよ。今度セコイアを抱えてやるんだからな。

バルトロの出す料理は男の野外料理って感じだった。こういう大雑把な料理もよいものだ。いつもはルンベルク、エリー、たまにアルルが交代で料理番をしている。彼らの料理の腕は抜群で、一流ホテルのシェフと比べても遜色ないんじゃないか……は言い過ぎか。

とにかく、手の込んだ料理が多く、味付けも繊細で複雑な感じなのだ。

一方でバルトロの料理は、肉の塊を串にさして塩だけ振って豪快に焼いたものであったり、最近ようやく収穫できたニンジンをざっとあらってそのまま輪切りにしたものと野菜、ソーモン鳥を煮込んだものという感じだった。素材一つ一つが大きくて、一口じゃ食べきれないほどなのだけど、これはこれでまた良い。

「おいしいよ。バルトロ。ありがとうな」

「おう。ヨシュア様の口に合って良かったぜ。冒険者時代によく作っていたんだ」

「へえ。そうなのか。冒険かあ、楽しそうだなあ」

「楽しいぜ。散歩がてらに冒険に行かねえか？」

「冒険者気分で探索しつつ散歩か。いいな。明日……いや明後日……三日後にしよう」

「おう。楽しみだ。ガルーガも連れてきていいか？」

口の端をあげるバルトロに向けコクリと頷く。

続いて、じっと聞き耳を立て耳がそわそわとしていたアルルへ顔を向ける。

「アルルも行こう」

「いいの！」

「お留守番だったからさ。一緒に行こう」

「うん！」

大きな瞳を細めるアルルに俺の口元も綻ぶ。

ガタン。

その時、外で大きな音がする。

やっぱり荷物を運び込んでいるんだな。止めに行っても俺が寝室に行った後とかにやっちゃいそうだし、そのまま何も言わずにおくとするか。

大きな肉の塊にかぶりつくと、じゅわっと中から肉汁があふれ出す。

うーん。おいしい。

この世界には電話というものはない。セコイアがペンギンに対して使っているような魔法を利用すれば長距離通話もできるかもしれないけど、今ここにそのような魔道具は持ち合わせていないのだ。
なので、レーベンストックに旅立った俺がいつ戻って来るかは戻って来てみないと分からない。

といっても、だいたい最大どれくらいの期間不在にするかはシャルロッテらに伝えている。

到着したのが夜だったこともあり、俺を今か今かと待ち構えている人はいなかった。

「そんなわけで俺は今自由だー」

謎の雄叫(おたけ)びをあげつつ風呂(ふろ)にどぼーんと浸(つ)かる。

いやあ。屋敷万歳。風呂万歳だぜ。魔道具があれば風呂にだって入ることができる。

魔石の供給もできるようになったし、今後は一般家庭にも風呂が設置されていくことだろう。

公衆浴場は先日完成し、ようやく領民のみなさんも風呂に入ることができるようになった。

「よお。ヨシュア様。待たせたなー」

「おー。片付けまですまなかったな」

「アルルも手伝ってくれたし、すぐだったぜ」

バルトロが素っ裸で浴室に入ってくる。

時間もあることだし、たまには一人じゃなく他の人とゆったりとした風呂タイムを楽しみたかったのだ。

そんな俺の我がままを彼は快諾してくれた。

バルトロは冒険者をやっていたというだけに、引き締まったよい体つきをしている。

でも、彼の体は大きな傷跡どころか細かい傷さえなかった。

「ん？　何か気になることがあったか？」

「冒険者ってモンスターと戦ったりする危険な職業なんだよな」

「おうそうだぜ。大怪我をすることだってある。ガルーガの片目は冒険の時にだってよ」

わしゃわしゃと頭を洗いつつバルトロが軽い感じで応じる。

「ひえぇ。バルトロも沢山のモンスターと戦ったんだよな」

「まあ、そうでもないさ。何度か骨折したり縫うほどの怪我をしたけどなあ」

「そうなんだ。でも、傷跡が綺麗さっぱり残ってないよな」

「すぐに冒険に出たかったからよ。高っかいポーションを買ったんだよ」

「すげえな。ポーション」

「まあな。仕組みなんてとんと分からんが、傷がみるみるうちに塞がるんだぜ」

ばしゃーと頭を洗い流し、ニカッと微笑むバルトロであった。

閑話四　アントン・ザイフリーデンの告解

元ルーデル公国のザイフリーデン伯爵領は公都ローゼンハイムからみて北部国境に位置する。つまり、ザイフリーデン伯爵領から北は広大な帝国ということだ。

かの地を治めるアントン・ザイフリーデンはヨシュア追放後、突如として独立を宣言した。公都にも彼の独立宣言騒ぎが伝わったものの、聖女の「神託」によって特段否定されたことではなかったため、独立を承認されることも否定されることもない状態のまま今に至っている。

ザイフリーデン伯爵領はザイフリーデン伯国と名を変えたものの、公国からは何らアクションがなく、帝国もまた公国の中でのこととして静観していた。

旧領都、現伯都であるダグラスは帝国との玄関口として栄えている。

ほんの十年前までは領主が住むだけの寒村といっていい様子だったのだが、ヨシュアが就任し帝国との商業活動を活発化させてから急速な発展を遂げた。

こうした寒村の大発展は何もダグラスだけに起こった事象ではない。ヨシュアによって公国内の交通網が整えられ、行商人を奨励することで物の流通量が数十倍以上に跳ね上がった。この結果、物の行き来の中継都市となる街や周囲から物が集まって来る拠点となる街が発展したのだ。

ザイフリーデン家の屋敷は発展の中取り壊され、中央大広場となっていた。

領主家は街中に砦を建築し、そこを新たな居城としている。いざとなれば、街の領民を収容し籠城することもでき、普段は砦に併設された高い塔から警戒にあたることができるというわけだ。

広い空間にポツンと置かれた玉座に腰かけ、肘を立てる三十過ぎほどの男は、かつての主人の名を呟く。

「ヨシュア様……」

この男こそ、当代のザイフリーデン家当主、アントン・ザイフリーデンその人である。

この広間にいるのは彼一人。他の者はいない。

この大広間で彼は政務に励んでいる。しかし、今は彼が「しばしの間一人にせよ」と命じ、椅子に腰かけた体勢でため息をついているというわけだ。

「私は……いや、僕は自分以上に優れた資質を持つ者などいないとうぬぼれていた」

大仰な仕草で長い髪の毛をかきあげ、すっと立ち上がる。

そして、芝居がかった仕草で顔を両手で覆う。

「ヨシュア様。幼きあなた様にお会いし、僕は所詮凡人だと思い知らされました。嫉妬もいたしました。こう燃え盛る黒い炎のように」

苦しそうに自分の胸を抱き、抱え込むようにしてしゃがみ込むザイフリーデン。

しばらく、そのままの姿勢でくぐもった声を出した彼は突如、勢いよく立ち上がる。

「しかし！　半年も経たぬうちに僕は嫉妬していたかつての自分は何て愚かなのだろうと悟りまし

た。不世出の天才たるヨシュア様と同じ時代で共にあることがどれほどのことか。それ故、僕は領地に戻り、ヨシュア様のお言葉を他のどの領主よりも早く、忠実に実行したのです」

ザイフリーデンはドンドンドンと大股で歩き、窓際に立つ。

がばっと窓を覗き込んだ彼は、絶叫する。

「見よ。ダグラスを！　同じような寒村がこの規模になるまで通常数百年かかる。しかし、僅か十年足らずで十倍の規模にしてみせた。領地の収益も十倍以上！　これがヨシュア様のお力だ。称えよ。我らが盟主を！」

長い髪をかきむしったザイフリーデンは歓喜の涙を流す。

再び顔を両手で覆った彼は、両手を天に掲げ力一杯手をひろげた。

「しかし！　しかし、しかし！　ヨシュア様が、偉大なる神の子が！　知性の象徴たるかのお方が！　愚かな聖教により公国を去ってしまわれた！　このことが許せるか。たとえ神が命じようとも……いや、ヨシュア様にあのような仕打ちを行う者が神であるはずがない！　邪教の徒よ。私は騙されぬ。従わぬ！　一刻の猶予もなかった。我が領民が邪教の国にあることが許されるものか！できることなら私は、ヨシュア様の元へ馳せ参じたかった。しかし、私には領民がいる。領民を護り、豊かにすることこそ我が使命である！」

ザイフリーデンはズカズカと大きな音を立てながら一歩一歩進む。

玉座に腰かけ、カッと目を見開く。

「神は死んだ。これからは、この大地に生きている生きとし生けるものが、自らの足で立っていなければならない。だから私も立とう。自らの足で。敬愛するヨシュア様には遠く及ばぬが、ザイフリーデン伯国に栄光を！　輝ける未来を！」

目がらんらんと輝きを放ち、ぐっと両手の拳を握りしめるザイフリーデン。

彼に迷いはない。最善ではないが、今持てる最高の手をもって伯国を導くのだと心の中で誓う。

彼の中には確かな信念があった。

彼の想いは領民の安寧である。そこに私心はない。

飢えず、魔物の脅威に怯えず、収穫祭を楽しみ、子供に笑顔が絶えない世を。

ヨシュアの言葉そのままの受け売りであるが、ザイフリーデンはこれこそが自分の使命であると妄信していたのだった。

若干、いや、かなり、変わった領主であるのだが、かつて自分こそが神童だと思っていたほどの実力を兼ね備えていると言っていい。

彼はヨシュアの描いた簡単なグランドラインだけで、領地を大発展させたのだから。

一を聞いて、二十を夢想し、十を実行する。

彼の政治手腕は公国内でも群を抜いていたことは確かである。

「ザイフリーデン様！　お休みのところ申し訳ありません！」

「よいぞ。入れ」

長槍を持ち全身鎧を着た騎士風の男が、玉座の前で片膝をつき頭を下げた。

「墓地から死者が生ける屍として蘇り、柵を喰い破ろうとしております」

「かつての墓地か。全て焼いて灰にしておかぬからこのようなことに。ヨシュア様もおっしゃっていた。死者を弔う時は火葬が良いと」

「とはいえ、聖教は土葬を推奨しておりますため……」

「そうだったな。あの邪教。つくづく実感したよ。あいつらは自分らの聖なる力とやらを見せびらかす為、生ける屍……アンデッドが必要だったのだろうよ」

「……全て灰にするでよろしかったでしょうか？」

「そうだな。街に火の手があがらぬよう気をつけよ。柵ごと燃やして、事が終わった後は石壁に作り替えろ」

「承知いたしました」

「分かっていると思うが、城壁の上から火矢だぞ。決して寄らぬように。諸君らの命が犠牲になることは私が許さぬ」

ザイフリーデンは顎で「行け」と男に示す。

死者が蘇り、生ける屍――アンデッドとなることは稀にある。

アンデッドとなった人の死体はゾンビと呼ばれるモンスターに区分されていた。動きを止めるには焼いて灰にするか、首を砕くかのどちらかだ。

ゾンビは人間を見境なく襲うため、発見次第、即駆除する必要がある。

「全く……邪教め……碌なことをしない」

ふうと大きな息をついたザイフリーデンは、首を左右に動かし片ひじをつくのだった。

燃え盛る炎に亡者たちが焼かれて行く。呪詛の声をあげるでもなく、動く屍たちは灰と化す。全身鎧を纏ったザイフリーデンの騎士たちは、フルフェイスの兜の下で顔をしかめつつも、安堵していた。

酷い悪臭が街にまで流れていっているものの、ゾンビたちを無事殲滅することができたのだから。

「この臭い、しばらく取れそうにないな」

「だなあ。しかし、我が伯爵殿は聡明なお方だ。こうして事前に対策を講じていたのだから」

「堅牢な城壁などと思っていたが、それだけではない。この城壁があって炎も街まで広がらぬ。公国から離脱すると宣言された時はどうしたものかと思ったが」

「伯爵に付き従うことがやはり正解だったというわけだ」

「俺もそう思うさ。街の活気はローゼンハイムにも迫る勢いだと専らの噂だぜ」

二人の騎士は動く影がもういないか、念のために再度確認し、いつもの警備体制に移行する。

間もなく交代の兵がやってきて、彼らは街へと戻ることになった。

「お、おいあれ」

「ん？　な、何だあれは！」

影が差してふと何気なく空を見上げた騎士がもう一方の騎士に呼び掛ける。

影は雲ではなかった。

巨大な何かが空を飛んでいたのだ！

彼らがこれまで見たことがない黒い影。

「飛竜か……いや、飛竜より遥かに大きい」

「飛竜はあんなに真っ黒じゃあない。あれは何だ？　嫌な予感がする」

影は彼らの言うように空を飛ぶドラゴンに似た形をしている。

飛竜と異なり胴が分厚く、翼も小さい。

だが、輪郭だけだ。ドラゴンの影が動いているという表現がしっくりくる。

そいつが首をもたげ、目らしき場所が赤く光った。

「お、おい！」

「ち、ちくしょうめ！」

ドラゴンの形をした影――シャドウドラゴンから霧のような黒いもやが吐き出され騎士たちを包み込む。

二人が剣を振るうも、霧相手には如何ともしがたく……。

「い、息が……」

「ぐ、ぐうう……」

ガチャガチャとあえぐようにして兜を取ろうとする二人だったが、間もなく前のめりに倒れ伏しピクリとも動かなくなった。

そこに影が流れ込み、霧が晴れる。

右側の騎士の足先がピクリと動く。

◇◇◇

騎士たちが倒れ伏したのと時を同じくして、街のとある路地でも異変が起こっていた。

よぼよぼで今にも臨終を迎えそうな犬が、真っ黒に染まり、風船のように膨らんで行く。

ぱあんと何かが弾けたような音がして、老犬が筋骨隆々の黒犬へと転じた。

黒犬は三つの首を持ち、全長が五メートルを超える。巨大化した際に民家を破壊し、首を振るだけで元々民家だった瓦礫を弾き飛ばす。

『うおおおおおおん』

黒犬が吠え、ビリビリと空気が揺れる。その風圧は、木々を薙ぎ倒してしまうほどの圧力があった。

これに対し、人々が恐れおののいたのかと言うと、そうではなかったのだ。

彼らもまた……。

いつも賑わいを見せる中央大広場はシーンと静まり返っていた。

露店や行商人の馬車はそのままに、この場にいる人々全てが倒れ伏し、動かなくなっている。

中には苦悶の表情を浮かべたままの者もいるにはいるが、多くは誰かと話をしていた、であったり、上機嫌に口笛をふいていた、といった表情そのままに静止していた。

異常に過ぎる光景はここだけでなく、街全体に及んでいる。

そう、アントン・ザイフリーデンの居城にまでも。

「ザイフリーデン様、お逃げください……」

「如何ともしがたい。お前の結界のおかげで無事だということだが、僕は魔術師の素養が中の下だからな」

枯れ木のようなフード姿の老人が杖を握りしめたまま、主人に提言をする。

しかし、対する主人アントン・ザイフリーデンは首を横に振った。

「こ、これ以上はふ、ふせぎきれません……」

「よくやった。最後まで命を張れる者はそうそういない。大儀であった。リンドルフィング魔術師長」

「も、申し訳ありません。ザイフリーデン様……」

「最後に教えてくれ。一体我らを何が襲ったのだ?」

「何者でもないモノです。しかし、こうなっては……」

「分からぬ。ここから見える街の者はほぼ全て動かなくなってしまった。巨大な魔物も出現している……一体何なのだこれは」

ザイフリーデンの言葉に応える者はもういない。

老人は前のめりに倒れ伏し、ザイフリーデンの体にも見えない何かが圧しかかる。

「ぐ、ぐう。こ、これは……レジストだ。レジストしろ！　……ヨ、ヨシュア様ならば……」

ガクリと膝（ひざ）をついたザイフリーデンの体からすぐに力が抜け、彼もまた他の街の者と同じように前のめりに倒れ伏す。

ザイフリーデン領ダグラスは、一瞬にして死都と化した。

しかし、人影が全く無いというわけではない。

玉座のある広間でもまた……。

『ヨ、ヨシュア様……』

くぐもった声が広間にこだまする。

――公都ローゼンハイム　教会
聖女は祈る。人々の安寧を。

彼女に課せられた使命は祈ること。私心を捨て、ただただ祈る。神の言葉を伝えることもするが、彼女の主たる役目は祈ること、それだけだった。

両膝（りょうひざ）を床につけ、両手を組み目を閉じていた彼女の目が静かに開く。

「……魔素が……」

一言、そう発言しただけで彼女は酷（ひど）く動揺し大きく首を左右に振った。

「魔素がどうされたのですか？」

「グラヌールさん。印をお求めですか？」

「はい。こちらを。聖女様、お顔の色が優れないようですが、お休みになられては」

書類を手渡しつつ、グラヌールが聖女を気遣う。

「いいえ、わたくしの気構えが足りないと、どうしても聖女としての務めを果たし切れない時があるのです」

「聖女様はご立派に務めを果たされているかと。私心なく、神のために人々の安寧を願う」

「違います……わたくしは私心を捨てきれてなど……すみません。お忘れください」

「聖女様……」

「私心を完全に捨て去ったとしたら、もはやそれは人ではない」と喉元まで出かかった言葉をぐっと飲み込むグラヌールであった。

第五章　予言と神託の考察

「ほええ」

「ふぉふぉふぉふぉ」

翌朝、レーベンストックから来た客人へ改めて挨拶(あいさつ)をと思い鍛冶(かじ)場を訪れたところ、「風車がもう完成した」とかトーレが言ったんだ。

じゃあ見に行くかと客人には挨拶だけにとどめ、さっそく馬車でルドン高原に向かった。

客人をそのまま放置するのかというと、そうではない。セコイアが世話を焼いてくれているからね。どうも客人は俺に見られていると硬くなってしまうようだ、と彼女から申告があった。なので、ちょうどいい理由をつけて移動したってわけだ。

「風車が二基も増設されているじゃないか」

「人員が格段に増えましたからな。某(それがし)らの弟子だけでなく、新たに街に来た大工らにも参加してもらってます」

「彼らの面倒まで見てくれてたんだな。ありがとう」

「ふぉふぉ。みな腕を振るいたくてウズウズしております」

長く白い髭(ひげ)を揺らし、眉尻(まゆじり)を下げるトーレは好々爺(こうこうや)といった様子。

先立っていずれ風車を増設しなきゃなあとぼやいていた。トーレやガラムらも、このことをもちろん知っている。何しろ鍛冶場でブツブツと一人呟いていたからな。

彼らの耳にも届いていたことだろう……。

先日、燃焼石と魔石を増産すべく風車を一基建てたのだけど、人口の増加に伴う供給不足を予想して手を打ちたいと思っていた。

更に貨幣のこともある。貨幣は魔法金属を使った現物硬貨とした。

貨幣そのものに価値がある金貨みたいな形としたわけなのである。これだと貨幣の信用度やら精密な彫り、印刷技術は必要ない。

だがしかし、魔法金属が無ければ話にならないのだ。

魔法金属の元になる鉱石は日々採掘しているので問題はない。できれば鉄をもっともっと欲しいところなのだけどねえ。

大量の鉄の使い道は別のところにあるけどさ。

立ち並びクルクルと回転する風車を眺めつつ、腕を組んだまま唸る。

そんな俺の姿を見たトーレの眉があがり、目を輝かせ食い入るようにこちらを見上げてきた。

「その顔、何か楽しげなことが浮かんだのですな。ささ、ささ」

「ん、いや。鉄がもっとあればやりたいことがあってね」

「ほうほう。模型を作りますぞ。言ってみなされ、ささ、ささ」

だめだ。こうなったトーレは、構想だけでもいいのでちゃんと伝えないと、壊れたスピーカーのように同じ言葉がループする。

苦笑し、彼に俺の妄想をそっと耳打ちした。

「ほほうう！　問題ないですぞ！　さっそく計画に」

「いや、だから鉄が足りないんだ」

「ふむふむ。より近いところに鉱脈がないか、いえ、すぐに掘りつくさない鉱山の発見が先ですかな」

「まあ、ね。輸入ってのも考えてる。鉄は重いのがなあ」

「某にも協力させてくだされ。ガラムも呼びましょうぞ！」

「職人魔法だったたっけ。あれで鉱物サーチでもできるの？」

「大雑把にですが。ドワーフの方が探索は得意ですな」

すげえ。魔法のことはよく分からないけど、トーレとガラムらが扱う魔法のカテゴリーは素晴らしいの一言に尽きる。

コンクリートを乾かしたり、鉱石の種類を鑑定したり、と地球の現代科学を以てしても実現できないことを易々とやってのけるのだ。

鉱脈を探すことまでできるなんて脱帽する。

といっても、露天掘りできるような場所はなさそうだけどなあ。もし存在していたとしても街の周囲二十キロ四方くらいならば、もう発見している。

日々探索を繰り返し、狩猟・採集を行っているからな。大規模な露出した鉄鉱石なんぞ見つかったら、即報告が入る。

「技術的にはどうだろう?」

「問題ありませんな。某は作ったことがありませんが、公国内にもありますぞ」

「そうだったのか。鉱山とかに?」

「そうですな。ですが、ヨシュア坊ちゃんの発想と設計思想が異なりますぞ。とてもワクワクしますな」

「模型を作る?」

「よいですなよいですな。それでしたら、一つ提案があるのです」

「ん?」

「皆が……とまではいきませんが、カガクトシでしたかな。それの象徴の一つとなるわけではないですか?」

「ま、まあそうかな?」

「でしたら、辺境国のものだと分かるよう、紋章を作りませんか?」

「確かに。そろそろ旗があってもいいと思っていた。既にレーベンストック、ガーデルマン伯と交流があり、国交も開くから」

権威やら仕来たりやらが苦手な俺であるが、国旗の重要性は重々承知しているつもりだ。

旗を掲げることは自国を証明する最も一般的な手段である。

例えば、海洋を航行する船は旗を掲げることで、交差する船の国を識別でき、旗を掲げなければ敵対行為とみなされることまであった。

他には軍隊だってそうだ。旗を掲げることで士気を奮い立たせ、旗と共に敵軍へ突撃をする。

国同士の会談でもお互いの旗を持ち込み、両国の旗を議場に掲揚することが多い。

他国と戦争をするつもりは全くないけど、交流をするとなると自国を証明するための識別としての旗は必要だ。

辺境国民としての一体感も高まるし。

メリットだらけである。デメリットは辺境国の旗を偽装して悪さをされることに警戒せねばならないってところかな？

「そうと決まれば、さっそく行きますかな」

「え。え」

グイグイと俺の服を引っ張るトーレに困惑する。

すると彼は待ちきれなかったのか、今度は俺の腰を押して馬車に乗るよう促してきた。

「旗を決めるのですぞ。ささ、ささ」

「お、おう。みんなで相談して決めようか」

こうと決めたら即動き出すのはトーレとガラムに共通したことだったな。

ものづくり以外でここまで彼が熱中するのも珍しい。いや、国旗作りもある意味「ものづくり」の範疇（はんちゅう）に入るかも？

鍛冶場に戻り、すぐさま協議が始まるものの、関係者全てが揃っているわけじゃなかったので決まらず。

夕方になり、ルンベルクらとも雑談交じりに旗のことを話すと、真剣な顔で議論し始めてしまった。

次の日の朝、いつもの定例会でも旗の話題でもちきりになって……この日はセコイアらを含め関係者全員が集合する。

どんだけ気合入っているんだよ、と思いはしたが、国の象徴になるものだから、これが普通なんだと思いなおす。

で、でもさ。デザインとか苦手なんだよね。

「ヨシュアはどうなのじゃ？　キミに思うところがあるのだったら、それが一番じゃろうて」

ぼーっとみんなの様子を窺っていたところ、いつの間にか膝の上に座っていたセコイアに顎を頭突きされて現実に引き戻された。

「ん、んー。そうだな。あ、獅子なら紋章としてもアリじゃないか？」

「雄々しく家紋としても好まれます。偉大なるヨシュア様が統治する国に相応しいと愚考いたします」

感激した様子のルンベルクの発言に仮面の老騎士リッチモンドもうむうむと頷く。

獅子は好感触の様子。

「なら、辺境国の根幹を支えてくれている『雷獣』を象徴とするのはどうだろう？」

「ふむ。あやつの毛があってこそカガクトシとなる。よいんじゃないのかの」

即座にセコイアが賛成の意を示す。

他のみんなも彼女と同じように否はないようだった。

「不毛の地を変えた貢献者たる雷獣に敬意を示す。お主らしいの。ヨシュアの」

「ですぞ」

ガラムとトーレが賞賛し、パチパチと両手を打ち合わせる。

それがきっかけとなって集まったみんなも拍手をしてくれた。

「よっし、デザインはトーレに任せる。頼んだ」

「もちろんですぞ。腕によりをかけて。ふぉふぉふぉ」

よおっし。国旗の大枠は決まったぞ。

徐々にではあるが、国としての体裁も整ってきた。

旗ができたとなれば……そろそろ制度を詰めねばならない……う、うう。

旗の決定から三日間、俺はシャルロッテと仲睦まじく常に一緒に行動していた。
屋敷に彼女の部屋まで準備して、お風呂は……別々だけど。
「どう表現しても激務は変わらねえ！　誰だよ、こんな労働条件決めたやつ！　俺だよ！」

「ぬがあ」と頭を抱え叫んだところで、誰かが代わってくれるわけではない。代表って聞こえはいいけど、超絶ブラックだよね。うん。

「閣下。牛乳をお持ちしました！」

朝日が昇ってまだ少ししか経っていないってのに勢いよく扉が叩かれ、今日も今日とてばっちり髪の毛を整えたシャルロッテが部屋に入ってくる。

ほんと朝から元気だよね。彼女の艶やかな赤毛を見て、情熱の赤って言うしこの赤髪がパワーの源なのか、なんて変なことを考えた。

「俺も染めようかな……」

「染料ですか。染料は先日閣下が発見したアストロフィツムを始めいくつかございます。布の元になる繊維も順調に増えております」

「染料は草と木の実が中心だったよな。公国から持ち込んだものもあるよな？」

「はい。今後は行商を通じ入手でしょうか」

「繊維は羊が順調、麻も栽培している」

「綿花は現物と種を入手予定です」

ふむ。早速お仕事会話になってしまった。せめて朝食を食べるまでは……と思っていたんだけど、きっかけを作ったのは俺か。

ならば俺がこの空気、お仕事モードから穏やかなものへと塗り替えてみせよう。

手はある。さっきから気がついていたのだけど、思わぬ繊維・染料の話で言うきっかけを失っていた。

「シャル、その髪飾り」

「ティモタさんに作ってもらったのです。エリーさんとアルルさんのものも一緒に」

「よく似合っているよ」

「そ、そうでありますか！　自分は凡そ令嬢らしくなく、こういったものは苦手としているのですが」

「いいんじゃないかな」

「ありがとうございます！　では、ゲラ＝ラ氏に肉を持って行くであります。閣下、また後ほど」

　あれ、絶対にシャルの趣味じゃないよな。なんというか彼女の好みはあれだ。ゴテゴテしたシルバーアクセサリーあるじゃない、髑髏とか棺桶とかそんな感じの。

　でも件の髪飾りは、風車の羽根を模したものに蔦のあしらいをつけたって感じでさ。色合いも柔らかなパステルカラーだった。

　こっちの方が彼女の華やかな雰囲気にあっていて断然いいと思う。

「そういや、ゲラ＝ラのこと、すっかり忘れていたな」

　あのニクしか発言しない爬虫類のことを完全に放置していた。

　狐のお友達の龍の使いだったっけか。「見させてもらうぞ」なんてあの龍が言っていた割に、ニクは特に俺の元へやって来たりはしない。

　どうやら、シャルロッテが可愛がってくれているみたいで何よりだ。

さてと、今日も今日とて街の制度作りに精を出さねば。

これでもまだ大枠しかできていないのだから、先が思いやられる。いや、細かいことはこの後募集する文官たちが何とかして……く、れる？

「は、ははは。考えたらダメだ！　やらねばやられる。これは俺が倒れるかシャルが音を上げるかのレースだと思え！」

このレース。勝てる気がしない。

早々に白旗を……。

「だああ！　気合を入れようと冗談言って、続ける気力を無くしてどうすんだよ！　こんな時は動物をわしゃわしゃするに限る」

ペンギンでも撫で撫ですることにしようか。

牧場まで行ってもいいな。どこに向かってもやることはたんまりあることだし。

「そうと決まれば行くか」

「うん！」

「ひゃああ！」

窓、窓にアルルが逆さになって手を振っていた。

相変わらずというか何というか、丸見えである。満面の笑みを浮かべている彼女は当然のごとく全く気にしていない様子。

窓を開けると彼女が宙返りしてするりと中に入ってきた。

「いつから外にいたの？」

「ヨシュア様が動く気配がしてから、です」

「となると三十分くらい前からか。それならそうと言って中に入って来てもいいよ」

「いいの？」

「うん。そろそろ肌寒いし。今日は曇りだからいいけど、雨の日だってあるだろ？」

「うん！」

やったーとばかりに両手を上にあげるアルルに対し、微笑ましい気持ちになる。

「じゃあ、このまま護衛を頼む。軽く朝食をとってからの方がいいか」

「待って、ます！」

「アルルもちゃんと食べるんだぞ」

コクコクと頷きを返す彼女と共に部屋を出た。

言うまでも無いが、本日の護衛はアルルである。

「ふんふんふんー」
「ふんふー」
鼻歌を歌いつつアルルを後ろに乗せ馬で牧場まで移動した。

お。おおお。

風車へ至る道の途中に牧場の一部があるのだけど、これまで通りかかっただけでしっかり全貌を見ることをしていなかった。

牧場はすっかり様変わりしている。

動物ごとにちゃんと柵で仕切られていて、それぞれの厩舎があった。

公都ローゼンハイム郊外にも牧場があるのだけど、様相がかなり異なる。

あちらは経営者ごとに柵で仕切られているのと、自然と牧場が作られていたため農地と牧場が隣り合っていたりするんだ。

一方でオラクルは計画され何もないところから作られただけあって、牧場エリアには牧場以外のものはない。

そのため、見渡す限り牧場の風景が広がっている。

資産を共有しているという理由があるから仕方ないことなのだけど、現時点で牧場は共同経営の形態であることも画一的な作りに寄与していることだろう。

「お、あれ。倉庫に侵入していたふさふさネズミじゃないか」

ソーモン鳥の仕切りの隣は、中央市場（予定）の食物庫を漁ろうとしていたふさふさの白っぽい灰色の毛を持つネズミたちだった。

繁殖できるか試してみようと言っていたのだけど、実際試してくれているんだな。

地球でいうところのアンゴラウサギのような毛と似たような毛質だったと思う。羊毛も加えると冬用の衣類や毛布を作るのに貢献してくれそうだ。

「ヨシュア様、あれ！」

「お、おお！　いつの間に捕らえて飼育していたんだ」

アルルとお出かけした時に見たカンガルーみたいにお腹に袋があって、小型でつぶらな瞳の動物が三十匹ほど小さな囲いの中で鼻をヒクヒクさせていた。

地球での名称はクアッカワラビーと言う。ペンギンにも確認したのでクアッカワラビーで合っているはずだ。

似たような名前でクアッガという動物もいたらしく、首から先がシマシマで首から後ろは馬のような毛並みをした動物だという。

残念ながら俺の生きていた時代の地球では絶滅しているとペンギンが言っていた。

絶滅してなかったとしても、俺たちは地球に住んでいるわけじゃないから見ることは叶わないのだけどさ。

「どれをナデナデしようかなあ」

「ん？」

アルルが後ろから自分の頭を差し出してきた。

そうじゃないんだと無下にするわけにもいかず、彼女の猫耳と頭を撫で撫でする。

猫耳がふさふさでモフモフ感があり、結構自分の欲が満たされた。

だが、まだ俺の欲はおさまらないんだぜ！　ははは。

「せっかくだし、次々と行こうか。まずはクアッカワラビーからだー」

クアッカワラビーの柵に入ると、ぴゅーっと彼らが厩舎の中に引っ込んで行ってしまった……。

な、何てことだ。

逃げられたか……。しかし、他にも家畜は沢山いる。牛や羊なら余裕ですよ。

羊はっと。お、あそこか。

ひょいっと柵を跨いで隣へと思ったけど、ローブの裾が引っかかりそうだったのでやめておいた。

このローブ、絹が混じっててなかなかの高級品なのだ。この世界にも絹はある。絹の元になるのは蚕ではなく蜘蛛の一種だけどね。絹の元になる蜘蛛……シルクスパイダーは公国北部地域の名産なんだ。今俺が着ているローブとベスト、スカーフは絹と他の繊維を混ぜたもの。余り高級品に拘る方じゃないのだけど、ザイフリーデン伯が「うちの自慢」とかなんとかでわざわざ俺の住む公宮まで持ってきてくれてさ。それでルンベルクに頼んで作ってもらったということなのだよ。諸君。

デザインも全て職人さんにお任せの一品なのである。

そういやセコイアが用意してくれたアラクネーの糸ってのも、蜘蛛の一種なのかな？　俺のファンタジー知識によるとアラクネーというのはモンスターの一種だった。

確か下半身が蜘蛛で上半身がばいんばいんの美女だったっけ？　セコイアだったら、そんなお友達もいるかもしれない。

今度聞いてみようか。

「ヨシュア様ー」

「おー、今行く」

柵にはところどころに引き戸が用意されていて、そこから一旦ワラビー区画を出て羊区画に入った。

よ、よおし。癒されるぞお。

「きゃー」

「こ、これ。思っていたのと違う」

触れようとしたまではよかったが、柵内にいる羊がこぞって集まり、満員電車の中にいるかのようになってしまった。

さすが羊。冬のお供である羊毛の元になるだけはある……。

「ふかふかー」

「あ、暑い……」

こ、ここは出て、牛で癒されよう。「ふもお」という鳴き声は、のんびりしていてそれだけでなんだかスローライフ感を味わえるのだ。

と思ったところで……。

「閣下ー！　お伝えしたいことがー！」

う、ううおお。この声はシャルロッテ。

何故ここが。

うん。行き先はルンベルクとエリーに告げて来ているのさ。

彼らはもうそれぞれの仕事のため、外出しているはずだけど。二人のことだ。シャルロッテのために書き置きくらいは残しているよな。

太陽の光に反射する白銀の鎧か妙に眩しい。

だがここで引いてはいけない。まだ戻らんぞ。俺は、俺は、まだ撫でていないのだから。

「シャル。ちょっと用があってな」

「閣下の知謀……是非お聞かせください」

駆けてきたというのに息一つ切らせず片膝をつくシャルロッテに、悠然と語りかける。

「牛乳だ。牛乳が必要だろう」

「閣下！　我が弟まで気にかけて下さりありがとうございます！　まさか、閣下手ずから……」

「そのつもりだけど。あ、アルル。たぶん厩舎に搾乳系の器具が一式あるはず」

「自分も行きます！」

搾乳といっても、桶とかそんなものくらいで機械式の搾乳機なんてものではない。

適当に言い訳して牛に触ろうと思っていたのだが、牛の乳しぼり体験をすることになった。

シャルロッテは慣れているだろうし、彼女に聞きながら牧場体験の定番をやってみることにしよう。

ちょうど羊の隣が牛だったので、先に牧場に入っておくことにするか。

厩舎も牧場の中だから、同じ場所といえばそうなんだけど放牧中の牛を彼女らはスルーして走って行ったからな。

開けっ放しになった入口扉をくぐってから、ゆっくりと扉を閉じる。

「うもー」

「ふもー」

のんびりと鳴いている牛に思わず目を細めた。

ホルスタイン柄と茶色、黒色と色とりどりの牛が草を食んでいる。

しかし、俺にとって牛と言えば白と黒のホルスタインなのだ。

じりじりとホルスタイン柄の牛に寄って行き、手を伸ばそうとしたら……。

ぺしんぺしんと牛が尻尾を振って威嚇してくる。

「ぬ、ぬおお」

「閣下。尻尾を振るのは虫を払っているんです」

こいつめと思っていたら、向かいから歩いてくるシャルロッテに声をかけられた。

彼女とアルルはそれぞれ桶を手に持っている。

「この牛の乳を搾るの？」

「そうですね。この子は」

シャルロッテが牛の前でしゃがみ込み、様子を確かめコクリと頷く。

「問題ありません。どうぞ、閣下」

「お、おう」

前世ではあるが一度だけ牛の乳しぼりをやったことがある。

シャルロッテと並ぶように腰を落とし、そっと牛の乳首を掴む。

あったけえ。少し力を入れるだけでぶしゅーっと牛乳が出てきた。

ささっとシャルロッテが桶で牛乳を受け止める。

ほ、ほおほお。

こいつは楽しい。右左と交互に握るとどんどん牛乳が出てくるじゃあないか。

「アルル、交代しよう」

「はい！」

反対側からアルルが手を伸ばしリズミカルに手を動かす。

彼女と交代で乳しぼりをすると、すぐに桶一杯に牛乳が溜まった。

「思ったよりずっと楽しかった。ありがとう。シャル、アルル」

「いえ。閣下の搾乳の様子、堪能させていただきました。ではさっそく、殺菌を行いましょうか」

「お？」

「そこに小屋があるのですが、牛乳瓶と炊事場があるのです」

へえ。シャルロッテに連れられ彼女の作業小屋に向かう。

いや、彼女専用なのかは不明だけど……。

小屋の前まで来てある事実に気が付く。

搾乳に夢中で結局なでなでしてなかったぞ！

ま、まあいいか。乳しぼりは楽しかったし。

——三十分後。

大鍋でぐつぐつと……までいかないように注意しつつぐるぐると牛乳を混ぜ続けること三十分。

アラーム付きの時計がカンカンと音を立てる。こういったちょっとした魔道具も生活必需品の一つだ。

ティモタら魔道具職人が日夜頑張って作ってくれているんだなあ……と鐘の音を聞きながらしんみりした。

いや、この時計はシャルロッテが故郷から持ち込んだもので間違いないのだけど。

しかし、生活必需品を全て持ってきた人は少ないだろうし、道具とは壊れるものだ。

なので道具の供給は必須である。

まだまだ街に住む領民が増え続けているし、作っても作っても供給が追い付かないだろう。

だけど、そう遠くないうちに商店街に道具が溢れ、いろんなデザインの生活必需品が並ぶはずだ。

その時俺は、テラスで昼間っから寝そべりだらけている……と思う。

「これで完了です。あとは十分ほどさましてから牛乳瓶に詰めるであります」

「おおー」

シャルロッテがタイマーをセットし、しばし休息する。

外の家畜たちを眺めていたらすぐに時間が過ぎた。

牛乳瓶にできたての牛乳を注ぎ、蓋を閉める。

十五本目でちょうど牛乳が無くなった。牛乳瓶はたぶん２５０ミリリットルくらいだから３・７リットルくらい搾乳してきたわけか。

「閣下。まだです。お届けする前に冷たくするのです」

「毎朝、冷やしてから持ってきてくれているんだな」

「はい。冷えている方が目が覚め、沢山働くことができますので」

「そ、そうか……」

俺、冷えてなくてもいいよ。は、ははは。

シャルロッテの指示を受け、テーブル上に牛乳瓶を一塊になるように並べる。

「行きます。シャルロッテの名において願う。コールドフォース」

目を閉じ、呪文らしき言葉を呟くシャルロッテ。

彼女が口を閉じるや否や、彼女の両手からスカイブルーの光が漏れ出し牛乳瓶を包み込む。

お、おお。

牛乳瓶に霜が降りているじゃないか。

指先で触れてみると、キンキンに冷えていることが分かった。

すげえ。魔法すげえ。

待ちに待ったキンキンに冷えた牛乳を握りしめ、腰に手を当てぐびぐびと飲む。

ここはやはり一気飲みが様式美だろう。

目の端にちびちび牛乳を飲むアルルの幸せそうな顔が映る。

ところが、眉と猫耳をピクリとさせ両手で挟んだ牛乳瓶をテーブルに置いた。

「ヨシュア様！」

「ごくごく……ぷはあ」

「馬車……が数台」

「ん、この時間だと珍しいな」

「ううん。街の、じゃないです。外」

「ふむ」

猫耳すげえな。馬と車輪の音で聞きわけることができるのか。

俺？　俺はまだ馬車の音なんてまるで聞こえないさ。ははは。

人間の耳ってのはそれほど良くできていない……はず。

電車の音なら多少離れたところでも聞こえるし、地下鉄が通った時に地上を歩いていたら振動を感じとることだってできる。

小屋の外に出たら俺でも分かるかなあ。

「アルル？」

「アルルが前。ヨシュア様はアルルのお尻」

「後ろってことね」

「では、自分が閣下の後ろを固めます」

敵襲じゃないと思うんだけどなあ。

さっきシャルロッテが言っていて俺がスルーしてしまったことを思い出す。彼女は「お伝えしたいことが」みたいなことを言ってたよな？

ゆらゆら揺れるアルルの虎柄の尻尾を目で追いつつ、外に出る。

ここで尻尾をパシッと掴んでハプニングが起こるなんてことは漫画の中だけで、紳士な俺はそのようなことをしないのだ。

衝動的に掴みたくなる気持ちは分かる……。

「んん？」

「何でもない。進んで」

「はい！」

返事に合わせてアルルの尻尾が動く。ぬ、ぬぬ。これ、連動してるのか。

つい魔がさしてしまった。

気がついたら彼女の尻尾の端を指先で摘(つま)んでいたんだ。無意識って怖い。

彼女の尻尾を掴んだ途端、尻尾に力が入った。

「ひゃう」

「す、すまん」

慌てて尻尾から指先を離す。どうやら感情に合わせて動くだけじゃなく、風やらを感じ取るセンサーの役割も持ち合わせているのかもしれない。

指先で摘んだら、彼女の動きが止まったことからの推測だけどね。

アルルを先頭に羊が飼育してある区画のすぐ外側で様子を窺う。

ここは道に面しているので、風車まで続く道がよく見える。と言っても、傾斜があるから一直線の道の先の先まで見えるってわけではないけどね。

お。音はまだ聞こえないけど、米粒ほどの何かが見えてきた。あれがきっと馬車だろう。

「アルル。紋章とか旗は見えないか？」

「うん。三本足の鳥さんとガルーガさんがふさふさしたの」

「ガーデルマンと公国の徽章です」

シャルロッテがアルルの言葉を補足する。

ガルーガがふさふさしたって言葉に吹き出しそうになってしまった。

ライオンな、ライオン。

ガーデルマン旗は三本足の鷹でガルーダと呼ばれる生物を描いたものだ。

どちらも勇壮さを誇る紋章なのだけど、辺境国だって負けてないんだからね！　雷獣はカッコいいじゃないか。

「せっかくだから、ここで彼らを待って街まで先導しようか」

「了解であります！」

シャルロッテがビシッと敬礼し、耳がキンキンするほど元気よく返事をする。

やって来た馬車は二台で、そのうち一台にガーデルマン伯ことクルトが乗車していた。

手を振ると馬車が停止し、俺たちに気がついたのかクルトが勢いよく扉を開き外に出てくる。

余程慌てたのか彼は馬車から降りる際につまずいて転びそうになっていた。

あるある。馬車って思ったより地面までの距離があるんだよなあ。急ぐとこける。

親しみを込めた視線を送りうんうんと頷く俺に対し、シャルロッテはたらりと額から汗を流す。

「閣下、申し訳ありません。弟はその、少し抜けたところがありまして」

「別に気にするほどのことじゃないよ。慌てずにゆっくりでいい。怪我をしたらそれこそ事だ」

そうそう。焦ってはいけない。

レーベンストックに到着した時、俺も転びそうになった。「やったぜ。異国の地だ」なんて気分が高まっていたからな。足元が疎かになっていた。

しっかり両足で立ったクルトは頭の後ろに手をやりぺこぺこと頭を下げる。

一方でシャルロッテは、手を出すまいと思いながらもうずうずしているのか、右手を上げまた戻してを二度繰り返していた。

でも、我慢できなかったようで、後ろ頭にある彼の手を真っ直ぐに戻し、曲がった背筋をパンとしてシャキッとさせる。

「シャル、彼は騎士でもないし。俺の部下でもないんだ。もっと気楽でいいよ」

「重ね重ね、申し訳ありません！　つい、昔の癖が」

「ご心配をおかけしました」

二人が揃って頭を下げた。

その姿に幼い時代の二人……しっかりもののお姉さんと彼女の後ろからこっそりと顔を出す弟といった姿を想像し頬（ほお）が緩む。

「クルト。こちらは急ぎ貨幣の準備中だ。いろんな交易品を持ってきてくれたのかな？」

「はい。それと行商人を二人連れてきました」

「行商人は馬車に乗せたままでいい。屋敷についてから彼らを紹介してくれれば。ここでわざわざ挨拶（あいさつ）をするのも、な」

「僕は好きです。牧場の景色（けしき）は。ここにテーブルセットを置いて……」

「クルト！」

のんびりとした口調で喋（しゃべ）るクルトにシャルロッテから突っ込みが入った。

俺も嫌いじゃないぞ。ここで茶会なんてやっても楽しい。

ピクニック気分でみんなでサンドイッチなんかを摘んでさ。牧場の動物たちを眺めていると、癒（いや）されそう。

理想的な昼下がりの光景だけど、まだ惰眠を貪（むさぼ）るわけにはいかないのだ。悲しいことに。

「それじゃあ、屋敷に向かおう」

シャルロッテの肩をポンと叩（たた）き、屋敷に向かおうと促す。

行商人の二人とクルトは次々とサンプルを見せてくれた。

領地にあるものを片っ端から持ってきてくれたのか、広いテーブルの上に商品が載らなくなりそうな勢いだ。

「行商人の二人にも一応、辺境国の貨幣を見せておくよ」

「ありがたく」

行商人の二人が揃って頭を下げる。

シャルロッテに目配せすると彼女は布に包んだ辺境国貨幣を机の上に広げた。

並べられた魔工プラスチックの貨幣に彼らは「ほお」と声をあげる。

「これは、見たことのない貨幣ですが、なるほど。貨幣そのものに価値をつけられたのですね」

「うん。銀貨や金貨だと材料がないから、苦肉の策だよ」

「金銀より魔法金属の方が希少なのでは……辺境はそうではないのでしょうか」

「まあ、そんなところだ」

「燃焼石さえない土地と聞き及んでおりましたが、これはどうして」

商人のうち左側に座る恰幅(かっぷく)のいい中年の男の方が、感心したように膝(ひざ)を打つ。

するともう一人の白髪(しらが)が混じった痩(や)せた男もポンと手を打った。

抜けているところがある俺でも、さすがにここで「実は電気から作ってるんですよ」なんて口を滑らすことはないのだ。

しかし、魔法金属を生成する仕組みを誰も知らないってわけじゃあないとは思うんだけどなあ。

魔力密度が高いところで生成されるものだし。

魔法の大家（自称）のセコイアも目から鱗だったことから、魔法的なアプローチに終始する余り気が付いていなかった？

いや、慢心はよくない。この世界の文献や俺の知らないところで魔法金属と魔力密度の関係性を知る人がいるはず。

ブルブルと首を振って自分をいましめる。

ちょうどその時、クルトがはっとした様子で「あ」と声をあげた。

「ヨシュア様。予言と神託の内容が分かりました。こちらを」

「お、おお。助かる！」

クルトがすっと一枚の折り畳んだ紙を机の上に置く。

この後、じっくりと考察することにするか。


クルトたちと会食を行い、あっという間に夜になった。

今日もいろいろあったなあ……。

『では、失礼するよ』

『うん』

ちょいちょいとつま先でお湯を引っかけてぱちゃぱちゃやっているペンギンが、湯船に浸かる俺に一言断ってくる。

かけ湯のつもりだろうけど、全くもって体にお湯がかかっていないぞ。

どぼーん！

ちょ、腹から湯船にダイブかよ。

顔にお湯がびちゃーんとかかった。

『ヨシュアくん、予言と神託だったかね』

『出てからにしようか？』

『それもそうだ。せっかくの風呂だしね』

髪の毛から垂れるお湯が口に入りぷっと吹き出す。

一方でバタ足をするペンギン。いろいろ突っ込みどころ満載の絵面だな……。

ペンギンと風呂に入るのも、もう何度目になるだろうか。

ここ最近はご一緒していなかったけど、一時は連日のように彼と入っていたような。

そうそう、クルトから受け取った予言と神託の内容が書かれた紙はまだ内容を検めていない。

ペンギンを洗っている時にふと思い出して彼に伝えていて、今の会話である。

決して忙し過ぎて紙のことを忘れていたわけではないのだ。ないんだから。

『そういや、ペンギンさん』

『何かね？　モーターのことかね？　最初に作るといったことは忘れてはいないよ』

『モーターかあ。構造的に難しそうだ』

『何かと物入りだからね。ヨシュアくんの優先順位に合わせて開発を進めているよ』

『うん。いや、仕事の話じゃなくてだな。ペンギンさん、俺がいない時、お風呂は一人で？』

『一人の時は失礼ながら、そのまま湯船につかってしまっていた。すまないね』

『いや、それは仕方ない。届かないもの……フリッパーじゃ』

『フリッパーは不便でならない。君がいない時、セコイアくんが洗ってくれたりしていたんだよ』

「へえ、セコイアが」

セコイアがごしごしとペンギンを洗うなんて姿は想像できないな。

彼女がペットの……いや、ペンギンの世話をするなんて。てっきりアルルや、ああ見えて世話好きのバルトロ辺りが手伝っているのかと思っていた。

『バルトロなら、うん』

『セコイアくんだけじゃない。バルトロくんもよく手伝ってくれていたよ』

うんうんと頷いていたら、少しのぼせてきた。

そろそろ出るとするかー。

「公爵がこの地に留まると不幸が起ころう。南東の外れへ向かうべし」
「尊き者の安寧はここにはない」
紙に書かれた言葉をまじまじと見つめ、顎に手を当てる。

机に乗ったペンギンは文字が読めないため、フリッパーをパタパタやって手持(ても)ち無沙汰(ぶさた)な様子だった。

風呂からあがった俺はペンギンと共に自室へ向かったんだ。

そのまま椅子に腰かけ、さっそくクルトからもらった紙を読んだところである。

『読み上げてくれたまえ』

『うん。こっちの紙に日本語で書き写すよ。見ながらの方がいいだろうし。もちろん、読み上げもする』

『セコイアくんも呼ぶかね？』

『そうだな。でもセコイアは鍛冶(かじ)場の横にある家に住んでるよな……』

『呼びかけだけしておくよ』

ペンギンとセコイアは脳内会話ができる。どれくらいの距離まで可能なのかは知らないが、少なくとも屋敷から鍛冶場までなら可能なのか。

脳内会話の魔法って、距離によっては「とても使える」。難しい魔法じゃなかったら、何人か魔法を使える人を準備して……。

おっと、紙、紙。書き写しと読み上げだった。

『公爵が、の方が予言で、尊き者(公爵)が神託だな』

『ふむ。これは別々の意味合いなのか。そもそもだが、予言と神託に違いはあるのかね？』

『俺は似たようなものだと思っていたけど、厳密には異なる。予言は将来起こり得ることの一つが

「見える」らしい。神託は文字通り神の言葉が直接聞こえるものなんだって』

『ふむ……。信憑性がまるでない。これほど曖昧なものに振り回されていたのかね』

『これがさ。曖昧なものじゃないんだよ。地球出身の俺たちじゃ及びもつかないんだけど、さ。直近では綿毛病の神託が降ったって、クルトが食事の席で言ってた』

ペンギンが懐疑的なように俺も「神託？　予言？　非科学的な迷信だよ、ふふん」なんて思っていた。

予言は全てではないが、神託については一言一句余す事なく文献に残っている。

驚いたことに、過去から現在まで神託の言葉はただの一度も外れたことがなかった。また、予言は神託を補足するためのものだということも理解できたのだ。

『直近では綿毛病。覚えている限りでここ数年、十二の神託と確か五つの予言があった』

『ふむ。フランスの予言集みたいなものではないと』

『うん。確実に起こる、ことは間違いない。だけど、神託に加え予言も加わった時、より大規模な被害が起こっていたと記憶している』

『二つとも災厄を予想……予定するものなのかね』

『喜ばしいこともあるよ。例えば「今年の海は荒れない」とかね』

『ふむ。いくつか疑問点がある。まず、一応の確認と認識合わせといこう。神の言葉を解釈するのは人間。ならば、解釈を間違うことがある』

『その通り。解釈を巡って、戦争が起きそうになったことさえある』

国家間で揉めそうな時は聖教会が間に立って窘めていたな。

『一つ。予言は単独ではなされず、神託と必ずセットになる、でいいのかね？』

『その通り。予言は神託より更に大きな出来事に対してしか降りてこない』

『なるほど。その言葉で一つの疑問が解けた。神託単独より、神託と予言が揃った時の方が災害規模が大きい』

『逆もあるけど。その認識で間違いない』

『二つ。先程君は綿毛病の神託が降っていたと告げた。しかし、君が辺境へ行くことの原因になったこの紙に書かれている神託と予言はまだ成就していない』

『そう、そこが神託と予言の内容を知ろうと思った一番の理由なんだ』

良いことが起こるのならそれでいい。しかし、俺が追放になるとか穏やかな話ではないだろ。

ペンギンが推測するように神託が告げられて、事が起こるまでの期間には「とある」相関関係がある。

それは小さな事件ほど、神託が降ってから事が起こるまでの時間が短いということなんだ。

例えば綿毛病は神託単独な上、告げられてから発生するまで長くみて一ヶ月くらいか？

それでこの被害だ。

となると、未だ事が起こっていない俺が追放された原因となった神託と予言の規模は、計り知れない。

下手したら大陸中に影響を及ぼすもの、なんじゃないのか。

『ふむ。疑問が解けたところで本題に入るとしようか？』

『うん』

俺が日本語で書いた方の紙をフリッパーでペタペタやるペンギン。たぶん真剣なんだろうけど、嘴パカパカはちょっと……力が抜ける。

『個人的にまず気になるのは、尊き者の解釈だね。こう解釈したのは、予言が公爵とハッキリ告げているからだろうね。本当に尊き者とは公爵……つまり君を指すのかね』

『俺本人はともかくとして、公爵の定義は尊き者と表現してもおかしくない。公爵とは神に代わって国を治めることを任された身分……個人と言い換えてもいいか』

『神からというところで、尊きなのだね。ふうむ』

『といっても俺もこの解釈は違うかもしれないと思っている』

神託単独ならば、「俺の安寧がここにないからどっか行ってね」という解釈でもそうなのかなと納得できたかもしれない。

だけど、予言も併せると疑念が浮かぶ。

予言と神託は言葉こそ違え、これから起こる何かを指し示している。

『予言の方に「公爵がこの地に留まると不幸が起ころう」って書いてるだろ。これがあるから神託の尊き者が公爵だと判断したはず』

『ふむ』

『そうじゃないんじゃないか。この尊き者ってのは聖女や枢機卿ら神の使徒、ひいては聖教徒を指すんじゃないか？』

『私は公爵の成り立ちを聞くまではそう考えていたよ』

『こいつは……だけど、起こるとしたら何が起こる？　意味合いから判断するに、いい事が起こるとは到底考えられない』

突発的な大災害なのか、それとも予測できることなのか。

いくつか考え得ることがある。

聖教徒にとっての不幸なのか、公国の領民にとっての不幸なのかによっても起こることに対する予測が随分変わってくるな……。

熟考し思考の渦に沈んでいる俺に対し、ペンギンはフリッパーを高く掲げ嘴をぱかっと開いている。

その体勢のまま動かないものだから、不気味ったらありゃしねえ。

考えている最中なんだけど、ペンギンの姿が気になってしまう。

『ヨシュアくん。仮に尊き者が聖教徒全体の場合、もしくは聖女？　枢機卿だったかな？　少数の者を指す場合について考察してみようか』

『少数だったらかあ。それだったら、枢機卿はおいておくとして聖女の安寧はここにはないと仮定すると、聖女が入れ替わる予兆ってことも考えられる』

『聖女は一定期間で役目を終え、次の者へ引き継がれるのかね。そうだとしても、予言と繋がらないね』

『だなあ。公爵がこの地に留まると不幸が起きるだもんな。あ、待てよ……』

予言と神託は同じ未来の出来事を指し示す。

聖女が入れ替わると示す神託と公爵が南東に向かえという予言は繋がらない。

予言と神託の仕組みからして表現する言葉こそ違えど、意味合いは似たような感じになるはず。

『何か浮かんだのかね？』

『尊き者が聖教徒を指すとしたら、公国の人の殆どが対象になる。そして公爵とは公国の全責任を担う役割だから、公爵とは「国そのものを指す」としたらどうだ？』

『国民に不幸が起こる、言い換えると安寧がない。南東の地……辺境に避難しろ、といった意味合いに取ることができるかな』

『うん。公国全体に何等かの苦難が訪れると取れば、予言と神託の意味は同じになるよね、って解釈だよ』

『ふむ。理屈は通っているか。としても何が起こるのかはまるで分からないと来た』

顎に手を当て、もう一方の手で指を二本立てる。

『可能性としては二つ。領民たちにとって直接的な被害が出るケース。もう一つは聖教にとって何らかの被害が起きるケースかな』

『後者の発想は面白い着眼点だね。神託をもたらす神が聖教の神だとすれば、聖教を棄教する騒ぎになると、それはそれで不幸と捉えることができるのか』

ペンギンの予測するのと同じことを俺も考えている。

というのは神託や予言をもたらすのは、聖教を形成することになった神とやらじゃないかって。

聖教の信じる神の言葉は人類全体を指すのか、自らを信仰する人たちだけを指すのか分からない。

信仰する人たち……つまり聖教徒だけを指すのだったら、「聖教徒が失われることが破滅である」と解釈できないこともない。

なんて考えてみたものの、可能性は非常に低いと思う。

十中八、九は何らかの大災害だろうなあ。

『ヨシュアくん。となると、戦争が起きて安寧が失われるという線も薄いと見ていいかね？　聖教徒なる者たちは公国以外にもいるのだろう？』

『うん。俺も戦争による不幸の線は薄いと見ている。公国の北にある大国である帝国は聖教徒の総本山だしね』

『聖女と枢機卿がいる同じ聖教国家の公国に帝国が攻め寄せることはない、のかね』

『うん。直接的な戦いは起きないはず。もめごとが起きれば、聖教の幹部が動く。聖女や公国の枢機卿、帝国の枢機卿、王国の枢機卿とか、がね。彼らが止めれば聖教徒である国軍も動かない』

『そいつはすごい影響力だね。それで国を支配してしまわないのだから、驚きだ』

『聖教は政治権力に手を出さないことで神聖さを保っている。彼らがしゃしゃり出る時は、もめごとを解決する時だけ。聖教徒同士が争うことを避けるためなら、だな。世俗の人に対する人事権なんてものには一切手出ししてこない』

『なるほど。神聖さを保つ。悪くない手だね』

聖教が聖教国家に与える影響は計り知れない。

最大国家の帝国はともかくとして、公国や王国みたいな中規模国家に対しては一国の長よりも影響力があるほどだ。

神託と予言の言葉も絶対で、突拍子もないものであったとしても誰一人、疑いもしない。

公爵に追放を言い渡し、言われた本人である公爵も含め皆が従うのも神託と予言によるものなら仕方がないとなる。

当の本人である俺は「やったー激務から解放されるぜ」というものだったわけだけど……。まさか、辺境でも同じことになるなんてな。

『公国の隣国としてはレーベンストックもあるけど、綿毛病の影響から自国のことで精一杯だしさ』

『かの国はそもそも外部へ侵攻したことが歴史上ないとも言っていたね』

『うん。聖教の影響力が及ばない国だけにブレない』

レーベンストックに聖教徒がいるのかは不明だけど、いたとしても少数であることは間違いない。

かの国は部族ごとに信仰する神が異なる。

部族にもよるのだけど、信仰心にあつい部族なら信仰を強制するだろうし、そうでない部族なら無信仰者もいることだろう。

聖教徒の国じゃないから、聖教が調停したとしても聞く耳を持つとは限らない。

といっても、実際レーベンストックに行った限り、他国に侵攻しようなんて判断が出て来るとは考えられないな。

逆に言えば、聖教徒の誰かにそそのかされたからといって動きを変えることもないってことだ。

『外圧による不幸は考慮から外してもよさそうだね。となれば、災害かね』

『うん。公国全土にもたらされるかもしれない大災害が一番考え得る線だと思う』

『ふむ。いくつかあるね。地震、津波、ハリケーン、他には地球の歴史上多数あり、民を苦しめた蝗害（こうがい）や冷害などによる大不作……辺りかね』

『俺もその辺くらいしか思いつかない。だけど、ここは地球じゃない。魔力という不思議なエネルギーがある世界だから』

『そこでセコイアくん、だね』

公爵時代に様々な災害に頭を悩ませた。

多くは不作の原因になる事柄だったけど、地球で起こる被害と似たようなものが多かった記憶だ。

いや、ゴブリンだったか？　が民家を襲うので討伐に行ってもらったことがあったか。

あれもまあ、害獣駆除みたいなものと思えば地球の歴史に当てはめることはできる。

だけど、地球に似た事象だからといって、メカニズムが同じとは限らない。

地震が発生したとしよう。地球ではプレートテクトニクス理論が正しいとすれば大地にあるプレート同士が擦（こす）れて地震となる。

一方、この世界ではどうだろうか？　地球と同じかもしれないし、地下深くに大きなナマズがいて大地を揺らしているのかもしれないのだ。

つまり、地球の常識を鵜呑(うの)みにすることは危険であるってこと。

参考にはなるんだけどね。

公爵時代には地球で学んだ知識が大いに役に立ったもの。

ふと、エリーに不本意ながらも姫抱きされてルビコン川の向こう岸に渡った時のことを思い出す。

向こう岸は植生が若いことを疑い、近くで見てみようとしたのだけど、それは原因となるのが火山噴火じゃないかと疑ったからだ。

火山灰があれば、コンクリートを作ることができるってね。

しかし、エリーは植生が一度壊滅した原因を「ドラゴンのブレスかもしれない」と言っていた。

彼女が予想するような、俺が考えてもみなかったことが起こる可能性もあるのが異世界である。

『喋(しゃべ)り続けて少し喉(のど)が渇いたな。エリーかアルルを呼ぼうか』

「たのもー！」

一息入れようとペンギンに声をかけた時、元気のよい声と共にバタンと扉が開く。

この声は。

「お、セコイアか」

「夜伽(よとぎ)と聞いて、来てやったぞ」

右手をあげ、満面の笑みを浮かべるセコイアである。

「お帰りいただこうか」

「冗談じゃ。全くもう」

言葉と行動が真逆だぞ。セコイア。

足元に張り付いてきた彼女をむぎゅーと引き離し、ふうと首を回す。


「とりあえず座れ」

「先に辺境伯から座るもんじゃないのかの？」

「身分とか俺らの間では意味のないものだと思っているのだけど」

「ボクと宗次郎がかの？」

「うん。できれば他の人もといきたいところだけど、あとはガラムとトーレくらいかなあ」

と言いつつも、セコイアの意図が別のところにあることは確実だ。

彼女はたとえ相手が皇帝であろうが、態度を変えない。街で生活をしているけど、彼女の興味がそこにあるからに過ぎない。

彼女の在りようは、どちらかというと覇王龍みたいな超越者に近いのではないかと思う。

いや、言い過ぎか。

彼女は覇王龍とは比べ物にならないくらい、人間的で感情豊かだし、慈しみの心も持ってる。一方の覇王龍は領域の絶対生物として我欲のまま振舞っている……はこちらも言い過ぎだな。覇王龍もゲラ＝ラを派遣したりと人間の営みにも興味を示している。

なんてくだらないことを考えつつ、彼女より先に椅子に腰かける。

彼女を迎え入れるために立った後、そのまま足に張り付かれたからな。メモを取るにも座らないと。そして彼女は俺の膝(ひざ)に乗る。

「そうだと思ったよ。普通に言えばいいのに」

「言えば、『はいどうぞ』と言うのかのお」

「言うさ。レーベンストックとの会談の場でさえ膝の上でも何も言わなかっただろうに」

「……っ。面と向かって告白されると照れるの」

「……災害についてペンギンさんと議論していたんだ」

やれやれ。とっとと本題に入り、セコイアを考察モードに変えなければ話が進まん。

「予言と神託についてと宗次郎から聞いていたのじゃが」

「その結果、災害についての考察になったんだ」

セコイアに一から説明しようと思ったが、ふとクワッとフリッパーを上にあげるペンギンに目が行く。

『ペンギンさん、脳内会話でセコイアに伝えてもらえるか?』

『承知した。物事を伝えるのなら、こちらの方が早い』

声に出すより、やはり脳内会話の方が早いんだな。ただし、ペンギンやセコイアに限るという注釈も付きそうだ。

それに論理立てて的確に伝えないと、会話より情報伝達速度が速い脳内会話だと、逆に混乱してしまいかねない。

「うむ。それで災害の考察かの」

「もう把握したの？」

「宗次郎の説明は簡潔で要点だけ伝えるものなのじゃからの。彼が人であれば……惜しい」

「確かにペンギンさんは、指がないから手先が使えないとかいろいろ制約があるからな」

「人ならばヨシュアと宗次郎でハーレ……むぐう」

「ほら、とっとと考えを述べろ」

ペンギンからしたらセコイアくらいだと、下手したら孫世代だぞ。

何を言ってんだこいつ……あ、うん。彼女は年齢さえ超越した存在だったっけ。

忘れがちだけど、数百年生きる賢者なのだった。俺の膝の上でコロコロ笑っている姿からは想像できないけど、ね。

「うむう」と小さく声をあげ口をすぼめている姿は子供にしか見えないのだけどさ。

「災害のお。一口に災害といっても、どれをあげればいいのやらじゃな」

「そうだな。俺やペンギンが想像もつかないような」

「公国全土に至るほどの大地の揺れとかかの？」

「地震は想像ができる。嵐も。例えば……そうだな。空から槍が降ってくるような」

「槍が降るのは見たことがないの。巨大な岩なら見たことがある。二度と見たくはないがの……」

「隕石か。空から灼熱の岩が降ってくるような？」

「それじゃ。どうにか魔法で護ったが、結界の外は大地がえぐれ、山が消滅し、その外側が火の海。

魔界というものがあれば、まさにあの光景こそ」

直径一キロを超える隕石だとお手上げだ。

地球の歴史上で有名な隕石衝突といえば、六千五百五十万年前に起きたＫ－Ｐｇ境界と呼ばれる大量絶滅の原因となったものだろう。

直径十キロにも及ぶ巨大隕石がユカタン半島に衝突し、直径２００キロのクレーターを形成した。その威力はすさまじく、３００キロの範囲にあったものは一瞬にして消滅するほどだった……らしい。

「隕石だと大きさにもよるけど、どうしようもないな。だけど、超巨大隕石の衝突の線はないと思う」

「ほう？」

どう説明したらいいものかと首を捻ってていると、ペンギンが俺の代わりに嘴をパカンと開く。

『セコイアくん。それならば予言と神託の指し示すところは辺境に避難しろになる。巨大隕石の衝突ならば、辺境に退避したところで焼石に水なんだよ』

「そういうことか。カガクで被害の範囲が分かるのじゃな」

『分かる。落ちた後に衝突跡――クレーターを精査すれば、だがね』

「それはそれで興味が尽きないのお。じゃが、今は災害に焦点を当てるのじゃろ。うーん。あ、天から大地が降ってきたこともあったぞ」

何そのファンタジー。

いや、異世界だから有り得ないこともないのか。

「魔力の影響で浮かんでいたのか、空気が固まって上に大地が載っていたのか、その辺はおいておくとして、何らかの原因で均衡が崩れ落ちてきたってことか」

「たぶんの。調べようにも、もう浮かんでいる大地はない」

「それは残念だ。一度飛行船で訪れてみたかったよ。そこに城を建てて」

「天空の城かの。案外ロマンチストなんじゃな」

「憧れだろ。天空の城は」

高度にもよるけど、実際に住むには厳しいと思うけどね……。

地面からの高さが二十メートルくらいだったら、楽しいかもしれない。

高すぎると景色も見えんし、とにかく寒いので生活するには厳しい。作物も育たないだろうし……。

一キロ高くなると気温が約6・5度下がるからな。

例えば五キロ上空だと32・5度も下がる！　凍るって。

「あとはそうじゃの。ヨシュアも知っておろうが、ゴブリンの大発生とか、かの」

「その言い方、イナゴみたいでやだな……」

雨後のタケノコのように大地からポコポコと顔を出すゴブリンの姿を想像し、気分が悪くなった。

タケノコじゃあるまいし、水をまいたら出て来るもんじゃないだろうに。

ぶんぶんと首を振り、変な妄想を消し飛ばす。

「適切な表現ではないが、知性の高い魔物は別として、動物のように本能で動く魔物は魔力に影響されるものも多い」

「ん。ちょっと意味合いが変わったな。モンスターの大発生と繋がらなくもないか」

セコイアの言う適切な表現ではない、というのは理解できる。

魔物という定義は曖昧だ。動く生命体のことを動物と定義したとしよう。

動物と魔物……言い換えるとモンスターの区別はどこでつける？

人型じゃない知性ある生物と人型で知性のある生物の区分はどうだ？

なんて言い始めるときりがないので、彼女はざっくりと魔物と表現したというわけである。

「うむ。ゴブリンのように大発生する魔物もいるかもしれない。じゃが、魔力……カガクな表現じゃと環境じゃったか。どの生物にも好む環境というものがある」

「目に見えないけど、地形の変化と同じで魔力の変化によってもモンスターが移動することはあってことだな」

「その通りじゃ。ヨシュアに黙っておいてすまぬが、オラクルの東に森があるじゃろ。雷獣の住んでおる」

「その辺でも魔力の変化があったの？」

「あった。川の流れが変わるごとく、魔力の流れもたまに変化するのじゃ。場所は雷獣の住む場所より更に奥地にはなるがの」

「そこで流れが変わると、オラクルの街にもモンスターが来るかもしれない？」

「その通り。間引いてきたがの」

「いつの間に……危険なことをする時は俺にも言ってくれよ」

「次からはちゃんと言う。キミを心配させまいと思ってのことじゃ」

「分かってる。だから、謝ることなんてないよ」

魔力の流れか。流れが変わることで物理的に何かが起こるのだったら、地震が発生したり空からひっきりなしに稲妻が落ちてくることもあり得ない話じゃあないか。

「しっかし、いろいろあり過ぎて何がなんやらだな」

ベッドに寝転がり、両手を頭の後ろにやって一人呟く。

ペンギンとセコイアの二人とブレストしたことでいろんな見地から神託と予言を分析することができた。

一致する意見として、今後、未曾有の大災害が起こるかもしれないということ。

局地的な災害……例えば津波や地震ならば辺境にまで被害が及ばない可能性が非常に高い。

しかし、時期も何が起こるのかも分からない。

「災害救助に向かうことができる体制は必要かもな」

「ほんとキミは。自分を追い出した国に。お人好しというか、何というか」

「誰かが望んで俺を追い出しにかかったわけじゃないからなあ……」

「キミはそういう者じゃった。それもまた良し」

掛け布団からひょこりと狐耳を出し、もぞもぞと布団が揺れる。

このままダイブされそうな予感がしたので、すかさずペンギンをセコイアとの間に転がした。

『ヨシュアくん。目が回る』

『セコイアが寝られないと困るから。そこでカバディしておいて欲しい』

『フリッパーは腕と違って短く、カバディに向いていないが』

『体で大丈夫だよ』

『そうかね。カバディ、カバディ』

妙にノリが良いペンギンに思わず声を出して笑ってしまう。

「むうう。宗次郎ー。お、案外。暖かくてこれはよい枕になるかもしれん」

『ペンギンの羽毛は極寒の地にも耐えうるものだからね。布団だと暑い』

掛け布団から嘴だけが出てくる。

全く、何をやってんだか、俺たちは……。

一旦（いったん）、災害予測の会話を打ち切った後、セコイアがベッドに飛び込み「ここは俺に任せて先に行け」みたいな態度を取るものだから、そのままペンギンと一緒にベッドに雪崩（なだ）れ込んだんだ。

早く寝てくれないかな……うるさくて寝られんわ。

ん、でも。ペンギンがよい抱き枕になるのか。少し拝借して……。

手のひらをペンギンの背に当ててみると、こいつはなかなか。おお。すべすべしているのだけど、手を押し込むととても暖かい。

ガバッとしたら気持ち良さそうだ。

衝動がおさえられずセコイアと反対側からペンギンに張り付く。

「お、おおお。こいつは……」

「じゃろ。雷獣も気持ちよさそうじゃ」

「呼ぶなよ。絶対」

「鍛冶場の方にしておくかの」

もふもふふさふさな雷獣なのだけど、帯電しているからセコイアならともかく、俺だと倒れるかもしれん。

いや、待てよ。電気療法なんてのがあるじゃないか。体の凝りと疲れを取るとかいう。

いいかもしれん。加減が必要だけど……魔力5の俺じゃやはり厳しいか。

「そういえばヨシュア。公国から商人が来たのじゃって？」

「うん。特段目新しい商品を仕入れるつもりはないんだ。人口が急激に増えて、食糧とか家畜とか日常的に使う道具なんかが欲しい」

「こちらからも出すのじゃろ」

「まあね。魔法金属を使った貨幣もできたことだし。いろいろ……あ、そうそう。砂糖イナゴ……バーデンローカストだかの様子はどうだ？」

「これからじゃな。ヴァンもそのうちこの地に慣れるじゃろ。それからじゃな」

「ヴァン……あ、バーデンバルデンからの客人だな」

「キミが呼んだのじゃろうに」

あ、あはは。

砂糖を産出する虫ことバーデンバルデン産のイナゴなのでバーデンローカストと勝手に名前をつけた。

エイルにちゃんと名前を聞いておけばよかったのだけど、まあ、辺境流の呼び方ってことで。

蚕やミツバチのように増やすことができれば、と思っている。

レーベンストックのバーデンバルデンでもまだ人工飼育に成功していないというので、中々に困難かもしれない。

だからこそ、生態に詳しいヴァンを派遣してもらい彼らと共同研究という形にさせてもらったのだ。

成功の暁には彼らと人工飼育の方法を共有するつもりである。

レーベンストックは公国より規模が大きいくらいだから、これが成り立つようになれば安価に砂糖を仕入れることができるだろう。

もちろん、オラクルでも作るつもりではいるけどね！

こちらは大量生産するほどの人的リソースがないから、レーベンストックに頑張って欲しい（人任せ）。

「そろそろ、収穫祭の準備もしなきゃだし、文官の募集、貨幣制度の開始……とやることが山積みだ……開発もしたいし……」

バーデンローカストのことを考えていたら、他のことにまで及んでしまう。

余りにも多くのやらなきゃなんないことがあり過ぎて、考えないようにしていたってのに。

『君も重々承知していることだから、口を挟むべきではないと思うが……プロジェクトはしかるべき者に任せ、君が本当にやりたいこと……とはいかないか、君が必須（ひっす）のプロジェクトを絞るよう進めていかないといけないね』

『早くそうしたいよ……。パソコンもスマホも無い。せめて電話があればまだ、もう少し手を伸ばすことができるんだけどね』

『ここから鍛冶場くらいまでの距離ならともかく、風車のある地と頻繁にコンタクトを取らなければとなると通信機器は欲しいところだ』

『電話の仕組みをなんとか魔法で導入できないかってことは公国時代に考えたことがある。なかなか開発まで手が回らなくて、さ』

公国時代はひっきりなしに仕事が舞い込んできて、さばくだけで精一杯だった……。

権限移譲しても、プロジェクトを任せても、それ以上のペースで他が増えていきやがる。

際限のないモグラたたき状態に、俺は考えることを止（や）めていた。

……昔のことを振り返るのはよそう。俺の健全なる精神のために。

『あれ、セコイアは？』

『もう眠ったようだね』

『そっか、急に静かになったと思ったら、寝付き良すぎるだろ』

『君も大概だと思うけどね。明日も早いのだろう？　そろそろ寝ようか』

『だな。おやすみ、ペンギンさん』

『おやすみ。ヨシュアくん』

何かと口を挟んでくるセコイアが大人しいと思ったら、ペンギンの羽毛の威力で寝てしまっていたのか。

三人で寝てもベッドは全然余裕がある。

仰向けになって目をつぶると、すぐに意識が遠くなってきた。

――三日後。

貨幣の製造、収穫祭の準備が急ピッチで進んでいる。

それにしても、随分と人が増えたなあ。シャルロッテから報告を受けて実数として把握しているのだけど、人通りというものが生まれている。

待ち合わせのため、バルトロと二人で中央大広場に来たわけだが、あの像と目を合わせないようにしていても、像へ向かう人がチラチラと目に映った。

通る人みんなが、挨拶をしてくれて嬉しい……のだけど、あの像と見比べている人もいたりして、ちょっと微妙だ。

写真がある世界じゃないから、公都ローゼンハイムに住んでいた領民はともかく、他の地域に住んでいた領民の殆どは俺の顔を知らなかったはず。

一応、一国の長だったのでみんな名前は知っているみたいだけど、この像があるから、オラクルの人たちはみんな俺の顔を把握しているというわけだ。

「ヨシュア様の像。気合入ってんな。エリーとアルルは毎日来ているってよ」

両手を頭の後ろにやったバルトロが例の像を見やり、顎をあげる。

「実物と会っているってのに、わざわざ像にまで来なくてもよくないか？」

「だよなあ。実物はもっと男前だぜ。ははは」

「……それはノーコメントで。それはともかく、そろそろ来るかな」

「たぶんな。面白そうなことに誘ってくれてありがとうよ」

「冒険者だったバルトロがいてくれると心強い。忙しいのに助かる」

「おう！」

バルトロは片目をパチリとつぶり、ぐっと親指を立てた。

エピローグ　宗太郎(そうたろう)と鉄鉱石

ガラガラガラとした音が聞こえてきたなと目を向けると、二頭に引かれる馬車が目に映る。御者は大柄で筋肉質な豹頭(ひょう)だった。

片目に傷があることから、馬を御しているのがガルーガだと分かる。

「ヨシュア殿、お待たせしてしまったようですまない」

俺の前で馬車が停止し、御者台に乗ったまま豹頭の偉丈夫ことガルーガが小さく頭を下げた。

「いや、俺が先に来て待ってただけだから。な、バルトロ」

「おう、そうだぜ。ガルーガ。他は誰(だれ)が？」

「トーレ殿と宗太郎？　だったか。ガラム殿は鍛冶で手が離せないとのことだ」

「かえってその方が人数的にバッチリじゃねえか。馬車だしな」

ニカッと笑みを見せたバルトロがひょいっと一息で御者台に登り、ガルーガの隣に腰かける。

んじゃま、俺も入るとするか。ペンギンも来てるんだ。何か惹(ひ)かれるものがあったのかな？

馬車の扉を開けるとトーレとペンギンが並んで座っていた。

「ほう、なるほど。トーレ殿のものづくりに関する魔法とは素晴らしいものですな」

「某(それがし)らはそれに特化してきましたからな。種族柄、ものづくりに興味を持つ者が多いようですぞ」

「私も魔法が使えれば……ヨシュアくんと出会って以来、知的好奇心が尽きることがない」

「某もですな。次は何を見せてくれるのか、楽しみでなりません」

「ははは」

「ふぉふぉふぉ」

真っ白な長く伸びた片眉を上げて朗らかに笑うトーレと、嘴をぜんまいじかけの人形のように開け閉めするペンギン。

ペンギン……公国語をマスターしていたのかよ。それも、発音に全く違和感がないくらい流暢に。

黙っていた恨みとばかりにじとーっとした目を彼に向ける。

「何だか盛り上がっているな。それはそうと、ペンギンさん……完全に公国語をマスターしているじゃないか」

「そうでもないさ。まだまだかかるよ。深い話をする時は日本語が望ましい」

などとのたまい右フリッパーを上にあげるペンギン。俺はその右フリッパーへ指先をちょこんと当ててから、彼らの向かいに座った。

二人とも俺の腰くらいまでの背丈しかないから、足が床まで届いていない。ペンギンに至っては背もたれにぐでえっとした状態で足をこちらに向けている。

ぬいぐるみが並んでいるようで、ちょっとばかし微笑ましい気持ちになった。

座ったことで自然とふうと息が出てきて、ふわあとあくびまでしてしまう。

おっと、先に聞いておかなきゃ。

そんなわけで、彼らの頭越しに御者台に向け声をかける。

「ガルーガ、場所は聞いているか？」

「大体の方向は。近くなったらトーレ殿の指示を仰ぐことになってます」

「ありがとう。じゃあ、さっそく出発しよう」

ひひんと馬がいななき、カポカポと歩き始めた。

馬車の窓から動き出した外の風景を眺めつつ、思い出したかのようにトーレへ問いかける。

「どんなもんなんだろうな。結構な鉱脈なんだよな？」

「そうですな。ご希望の鉄ですぞ。量があることは間違いありません。掘り出すことが容易かどうかは、現地に行ってみるまでなんとも言えませんな」

先日、トーレとガラムに鉄が欲しいと伝えたところ、魔法で探索すると言ってくれていた。

少し距離があるので、発見まで時間がかかったというのが本人たち談ではあるが、ちゃんと見つけ出したことに驚愕(きょうがく)する。

「探します。はい見つけました」なんてことは簡単ではない。そもそも鉱脈がないことだってあるのだから。

鉄は比較的、地質内含有量が多いとはいえ……量を求めるとなかなか良質な場所って見つからないもんなんだ。

道幅を広くしておいてやはり正解だったな。ここまで急激な人口増加があるとまでは見込んでいなかったけど、馬車が向い合わせにすれ違ってもまだまだ余裕がある。貨幣を流通させていないから露店が並んでいたりはしていないけど、大通りは露店ができても余裕なほどの幅を確保しているのだ。

最初は道を挟んで家と家が離れすぎているだろなんて思ったけど、もう少し道幅が広くてもいいくらいだな。

「トーレさんの魔法は鉄以外にもサーチすることができるのですかな？」

「そうですな。鉄、銅、ミスリル、銀……といったところです」

「ふむ。鉄ができるのなら銅もと思いましたが、ミスリルと銀ですか」

「銀とミスリルは正確にとは行きませんが。半々といったところでしょうか」

ぼけーっと外を眺めていたら、何やらペンギンとトーレが金属トークできゃっきゃしている。

ペンギンじゃないけど、銅も発見することができると聞いてなるほどと思った。

地球の歴史を振り返ってみると、想像がつく。

人類は遥かな古代から金属を利用してきた。最初に利用されたのは金、銀、銅といった酸素と結合しづらい金属だった。

この中でも銅が一番利用されている。単純に量が一番多いからだな。それなりに硬いから道具にも利用できた。

その後、製錬技術が発達し銅に錫を含有させた「青銅」が開発される。所謂、青銅器時代ってやつだ。

トーレのものづくりの魔法技術も精錬技術に合わせて脈々と受け継がれてきていたと聞いている。

なら、最初に必要になった金属が銅であるはず。

銅の探知技術が発展し、応用として鉄の探知も行えるようになったと考えれば、銅も探知できることは頷ける。

「金じゃなくて銀なのは理由があるのかな？　銀の方が金より量は多いとは思うけど。それにミスリルも？」

つい二人の会話に口を挟んでしまった。

いや、二人揃って顔をこちらに向け、凝視してこなくてもいいじゃないか。

「銀とミスリルは……何としても探さなければならない時代があったのです」

急にトーンを落として絞り出すように言葉を返すトーレ。

どうしたものかと言い淀んでいたら、ふぉふぉと柔和な顔になったトーレが続ける。

「もう遥か昔のことです。銀は鉄に比べ切れ味が劣りますが、ある種のモンスターに対し特攻効果があるのですぞ」

「銀が弱点ってのは聞く話だな。人狼とか吸血鬼とかだっけか」

「さすがヨシュア坊ちゃん。モンスターにまで造詣が深いのですな。某は余り詳しくなく。ともかく、魔除けの需要も多くあったそうで。昔は今に比べ魔道具技術が未熟でしたからな。そうなると、余計に銀が必要になっていたのです」

「へえ。ミスリルも銀に魔力を加えたものだし」

「銀は月の光を込めたものとの伝承があります。不思議な力を持っていると某は思っております」

公国と帝国の歴史は一応学んだのだけど、モンスターのことや当時の生活の様子まではノーチェックだった。

書物もそれほど残っていないから、トーレのような伝承を知る人物から聞く以外に情報を得ることができない。あ、そうか。

口元が緩くて涎を垂らしている狐に尋ねたら、よいのか。

甘い物で釣って「話してくれ」と頼めば喜んで教えてくれそうだ。

「銀が月だとすれば、金は太陽なのですかな?」

俺がくだらないことを考えている間にもペンギンがトーレに質問を投げかける。

対するトーレはうむうむと頷きを返した。

太陽と月だったら、魔物撃退効果が太陽の方が高そうなものだけど。

そこまで考えて、すぐに察した。

金は銀に比べさらに希少なんだよな。貴族連中も好んで宝飾品として使うし。

オリハルコンになると発見するのも稀の稀になる。辺境でも発見することはできたが、ほんの僅かに過ぎない。

オリハルコン一式で武器防具を整えようとしても、頑張って数人いけるかどうかというところ。

「オリハルコンの形成を自然界で行うとなると、なかなかに条件が厳しいからね」

「何故俺の考えていることが分かった……」

得意気に両フリッパーを上に掲げるペンギンが憎たらしい。

「私も同じ結論に至っていたからだよ。金からオリハルコンに転じるにはミスリルの三倍の魔力が必要だ。その上、金の魔力は『抜けやすい』」

「イオン化傾向みたいなものがあるから難儀なんだよなあ……魔法金属って」

「電気から生成する魔力があれば、調整もきく。それなら金があればオリハルコンの生成も特段難易度が高いわけじゃあない。我々にとっては、金もオリハルコンもあまり変わらない」

「そう言われてみると、画期的な技術だったんだな。魔力ボックスは」

腕を組んだところで、ガタンと激しく揺れ前のめりに倒れそうになってしまった。

外を見てみたら、牧場も見えなくなっていて、どこにいるやらまるで分からなくなっているぞ。

「舗装していなくとも、何とかなるものだね」

「馬車は概ね街道沿いを走るのですが、街道といっても土を固めていればまだいい方で、木を切り倒しただけという場所もありますから」

「悪路に強いようにできているということですかな?」

「この馬車は例の振動軽減の仕組みを採用しております。更になのですが、車輪が沈み込む遊びを作っておりまして、普通の馬車より詰まらず進むことができるはずですぞ」

「素晴らしい!　トーレさんは天才ですな!」

「ペンギン殿ほど、切れるわけではありませんが、長年の経験ですな」

ふぉふぉふぉと朗らかに笑うトーレとパカパカ嘴がうるさいペンギンはとても楽しそうだ。

ペンギンが驚くのも分かる。彼は何も言われずとも、ゴム素材が衝撃を吸収することから、「衝撃を吸収すること」を応用し車輪に改良を加えたのだから。

牧場からルドン高原の間はまだ舗装途中で、馬車がガタガタしても当然と言えば当然なんだけど。

馬車の窓から顔を出し、前方を確認したがルドン高原に連なる風車はまだ見えてこない。

それどころか、完全なる荒地なんだけど、ここ……。

「あれ、ルドン高原の方に向かっているわけじゃないんだな」

「そうですぞ。道なき道になりますが故、馬車を改造してきたのです」

「俺が辺境に来た時でも平気だったから、馬車って案外大丈夫なもんなんだな」

「森や山に入らなければ、まあ大丈夫ですな。時折、大きな石や穴にはまって動けなくなることはありますが」

「……ってことは、森や山に入るかもってこと？」

「場所は分かっておりますが、地形がどうなっているのかまでは」

「方向はどっちになるんだ？」

「ざっくりとルドン高原より北北西といったところですな」

ううむ。

正直まるで分からん。事前調査をするなら、飛行船でちょいちょいっと空から観察すればすぐだけど、それだと二度手間だものな。

飛行船が降りることのできる地形があれば問題ないけど、都合のいい場所ってなかなかないんだよなあ。

飛行船は馬車より遥かに大きいし、繊細だ。木の枝に袋の部分を引っかけるだけでも、浮き上がれなくなってしまう。

飛行船を打ち捨ててくるとなれば、痛手なんてもんじゃないから、な。

あれを建造するのに、相当な時間と手間を費やした。辺境伯特権でどんどこ素材を投入したし……。実のところ、飛行船には魔法金属をはじめとした希少素材もふんだんに使っている。飛行船を追加であと数基は欲しいんだけど、量産することは難しそうだ。あくまで現状なら、と注釈はつくけど。

「しかし、なんだかこう、うっそうとしてきたよな」

「そうですな。森なのか山脈の麓(ふもと)なのか」

「さっきまで荒地だったのに、突然変わるもんなんだよなあ」

「自然は気まぐれですから。ふぉふぉ。某らは流れるままにですぞ」

とかなんとかトーレとやり取りしていると、ガタガタと音を立てて馬車が停止する。

御者台に目をやると、ひょいっとバルトロが御者台から飛び降りるところだった。

そのまま彼は外から馬車の扉を開く。

「ヨシュア様、これ以上進むと馬車がハマっちまう。どうするか判断して欲しい」

「車輪が壊れたりしたら、帰りが徒歩になるし、荷物も運べない。何より、トーレが気合を入れて改造してくれた馬車を傷付けたくないな」

「戻るか？」

「いや、歩こう。トーレ、あとどれくらいだ？」

問いかけられたトーレは、長い髭（ひげ）を親指と人差し指で挟み「そうですな……」と声を漏らす。

すぐに右の眉（まゆ）がピクリと上がり、ポンと手を叩（たた）いた。

「歩くと某の足で二時間くらいですな」

「だったら、私はここで待つとしようか」

ペンギンの申告にハッとなる。

そうだった。ペンギンの足の遅さを忘れていた。

でも、「待つ」と言われて「はいそうですか」と同意するわけにはいかない。

「ペンギンさん、ここは鍛冶（かじ）場でも街中でもないんだ。もしかしたら危険な魔物が出るかもしれないから」

「そうそう危険な魔物なんてものは出てこないものだよ。強者（つわもの）ほど警戒心が強い」

「それ、根拠になっていないから」

どうするかな。今日のところは戻って出直そうか。

と思ったところでバルトロの隣までやって来ていたガルーガが指を一本立てる。

「ヨシュア殿。オレが宗太郎を抱えてもいいだろうか？」

「それだと、警戒と索敵に支障がでないかな？」

「バルトロがいる。彼が警戒に当たってくれれば、オレは荷物運び以外することがなくなる。敵が出れば宗太郎を地面に置き、戦う」

「それくらいの間なら俺一人で十分さ」

ガルーガの言葉に重ねるようにしてバルトロが親指を立て、ウインクした。

彼らは無理なことは無理とハッキリ言ってくれている。彼らが問題ないと言うのなら、ペンギンのことはガルーガに任せるとしよう。

本件とはまるで異なることなのだけど、ガルーガに突っ込むべきかそのまま生暖かく見守るべきか迷う。

ペンギンは宗太郎じゃなくて宗次郎だって。だけど、俺から言うと角が立つような気がしてさ。ガルーガとは知り合って日が浅いからか、まだまだ俺に対する時に硬くなっているんだよな。そんな俺から指摘したら、というわけだ。

バルトロ辺りがさりげなくペンギンの名を呼んでくれたりしたらと期待したけど、俺から彼に頼まないと難しい。

ペンギンのことを名前で呼ぶのはセコイアくらいで、他はみんなペンギンと呼んでいる。

「では、ガルーガくんにお願いしてもいいのかな？」

「うん。ガルーガ、頼む」

ペタペタと馬車から降りたペンギンを片手で抱え上げるガルーガ。

さすがの筋力にほおっと息が出る。

ペンギンって結構重たいんだよ。抱え上げようとしたら、腰を痛めそうになったもの。

「はあはあ……」

「ヨシュア様。そろそろ食事にしないか？」

「はあはあ……そ、そうだな。そろそろ一息入れようか」

歩くこと一時間ほど。せっかくなら到着してから休憩をと思ったが、思った以上の道の険しさに疲労の蓄積が激しい。

道なき道を進むのは辺境に来てから何度かやっているけど、東の森を進んだ時と同じくらい大変だ。

膝上（ひざうえ）辺りまで雑草が生い茂っているし、地面はぬかるみつるりと行きそうになった。

傾斜のある場所も多くて、木の根に引っかけて転びそうになるわ、語り始めるときりがない。

ドスンと木の幹にもたれかかるようにして大きく息をつく。

「ふう。モンスターが出なくてよかった」

「この辺りは魔素が濃くないから、そんなに心配しなくても大丈夫だぜ」

「へえ。そんなことまで分かるのか」

「俺は魔法に詳しくないからさ。実際に来てみるまで分からないんだよ。実際に肌で触れなきゃ分からねえ」

「それでもすごいよ。俺には全く以て」

軽い調子で応じたバルトロが水筒を手渡してくれる。

魔法のお勉強はしてこなかったからなあ……でも、きっとちゃんと学んでいたとしても、魔法を使うことはできなかったと思う。

何せ、俺の魔力密度は……え、ええい。

魔力なんて無くたって生きていけるさ。は、ははは。

あれ、俺以外は息があがっていない？

バルトロとガルーガはともかく、トーレまで涼しい顔をしているじゃないか。

真剣に運動不足を何とかしなくちゃいけない気がしてきた。

抱えたペンギンを地面に降ろしたところで、ガルーガの耳がピクリと揺れる。

彼は黒い鼻をひくつかせ、バルトロに目配せした。

「どうする？」

「ん。この音……ヨシュア様の好きな奴だな。仕留めとくか」

「分かった」

「ガルーガはそのままヨシュア様の元にいてもらえるか？　特段何も感じねえけど、念のためだ」

「護衛ならバルトロの方が」

「大丈夫だって。ガルーガだってこの前の修行で、前より感覚が研ぎ澄まされている」

「実感はないのだが、お前が言うのならそうなのだろう」

「あまり嬉しそうじゃねえんだな」

「正直、強さの追求より自分が何をできるのか、何で貢献できるのかに気持ちが変わった。ヨシュア殿やお前のおかげだ」

「そっか。あはは。俺も負けねえようにしなきゃな」

拳を打ち付けあった二人が笑いあう。

おや、何やら話がまとまったようだけど、わざわざ危険をおかしに行かなくても。

止めようと思った時には既にバルトロが動き出していて、止めるに止められなかった。

でも、会話の様子からして大した相手ではなさそうだ。本気でヤバかったら俺がこうしてのんびりと水を飲んでいる場合じゃなくなるものな。

と思っていたら、すぐにバルトロが戻ってきた。

何だかぬめぬめしたものを引きずって……。

長い脚の部分を掴んだバルトロが、そのぬめぬめを放り投げた。

べたーっと地面に転がるぬめぬめしたオレンジ色の巨大なカエル。

「どうだ？　ヨシュア様」

「あ、いや。うん。そうだな。確かに一時期、カエルを集めてもらっていたよな」

せっかくだから、サンプル採取だけでもしておこう。

ナイフでオレンジカラーのカエルの表皮を少しだけ剥ぎ取り、袋の中に収める。

「そういう地道な調査が実を結んでいるのですな」

俺の様子をじっと眺めていたトーレがうむうむと納得したように頷きながら独り言のように呟く。

「ゴム素材は発見したけど、伸縮性の面ではトーレが以前見せてくれたカエル素材の方が優れていたし」

「ふぉふぉ。あれは公都の北にある湖のほとりに沢山棲息していますぞ」

「こっちでは見かけないんだよな。でもま、他の用途に使えるかもだし。ペンギンさんに分析を任せよう」

「もちろんだとも。ワクワクするね」

無茶ぶりしたつもりが嬉々として応じるペンギンである。

そんな彼にタラリと額から冷や汗が流れ落ちたが、あの様子だとしっかり調べてくれそうだな。

ちょっとした休憩を挟んだ後、トーレの鼻を頼りに道なき道を進んで行く。

すると、ぱっと視界が開けゴツゴツした岩が露出し、まばらに草が生える小高い丘に出たんだ。

「この辺りですぞ」

トーレが両手を大きく開き顎を上げる。

この辺りってどの辺りなんだろう。

丘の斜面までてくてくと歩き、しゃがみ込んでいつものノミでコンコンと岩を採取する。

俺の動きに合わせバルトロがついて来たが、残りの三人はその場にとどまったままだった。

トーレは目をつぶり呪文を唱えている様子だ。きっと詳細な場所を探っているのだろう。

「トーレさん、鉄鉱石の鉱脈は地下どれほどに？」

「この丘全てですな。見事な鉄鉱山ですぞ」

ペンギンが問いかけると、トーレが両目をくわっと見開き大きな声で応じた。

「こ、この丘全部だって！　露天掘りできるのか」

「そうですな。このままツルハシで掘り返し、できればここで精製したいところですが」

顎に手を当て満足そうに頷くトーレに対し、言葉を続ける。

「鉱山街……いや作業場と小屋だけでもいいか。急ぎ派遣したいところなのだけど、場所をちゃんと調べておかないとだな」

「はて。おお。なるほどなるほど。物資を運び込むにも鉱石を運び出すにも、険しくない道を探した方がよいですな」

「それもあるのだけど、確かルドン高原から北北西だと言っていたじゃないか。ここは既に公国領に入っているかもしれない。ベッケンドルフ子爵領……だったかな」

「ふむ。政治的なことであれば、ヨシュア坊ちゃんにお任せするしかありませんな」

「うん。そこはシャルと俺で何とかする。子爵領はガーデルマン伯領と隣り合わせだし、クルトの協力も仰ぐよ」

となれば、一旦戻り、飛行船で場所の確認だな。

ベッケンドルフ子爵がここで鉄鉱石を採掘し、辺境国に供給してくれるのが一番いいのだけど……難しそうだ。

ここは辺境と子爵領の境目辺りと踏んでいる。

どの貴族領も辺境付近は未開発どころか、未踏の地に近い。

村の一つもないものなあ……。

いくら「鉄がありますよ」と言ったところで、飛びつくとは思えん。

どうしたものか。

俺たちが開発するなら、拠点を作り、モンスターの危険を排除しつつ辺境国までの道を作らないと。

かなりの労力が必要だが、見返りは大きい。鉄がうなるほど手に入るなら、鉄製品をどんどん作って行くことができるからな。

木に次いで、鉄、ガラスは大量に使う。ブルーメタルに加工すれば錆びないし、武器や農具の性能も飛躍的に上がることだろう。

「もう少しサンプル採取して、今回の調査は終わりとしようか」

「あいよ。俺も持つぜ。ヨシュア様」

「ありがとう」

大きな麻袋を掲げたバルトロがニカッと笑顔を見せる。

みんなで斜面の岩をコンコンして細かく砕き、二十キロほど袋に詰めて持ち帰ることになった。

俺も持とうとしたのだけど、結局全部バルトロが肩にかけて軽やかに「俺が持つぜー」なんて言うものだから、甘えてしまうことに。

最終的に俺が持っていたのは、カエルの皮と最初に拾った岩の欠片(かけら)だけだったという……。

帰りもガルーガがペンギンを抱え、途中で俺が疲れて休憩を挟み馬車まで到着と、行きと同じ行程を辿(たど)った。

翌朝、セコイアを誘い飛行船で現地を確認したところベッケンドルフ子爵領と辺境の丁度境目だと分かる。

そんなわけで、追放中の俺がベッケンドルフ子爵領へ直接行くわけにもいかないので、シャルロッテに頼み途中でクルトを拾い、ベッケンドルフ子爵と直接交渉してもらった。

移動は飛行船だったので、一日かからずシャルロッテが戻って来る。

ベッケンドルフ子爵としては未踏の地であることだし、丁度辺境との境目だったので辺境国が自由に使ってくれていいとの返答だった。

せっかくだから、ベッケンドルフ子爵領の領民の中にも鉱山で働きたい者がいたら募ってくれと手紙を出すことにしたんだ。

そうそう。帰宅しさっそく鉱石を調べたペンギンは、すぐに調査結果を持ってきてくれてさ。

鉄の含有量は平均値の二倍ほど高く、良質な鉄が取れるだろうと判明した。

露天掘りの鉄鉱山の採掘が稼働するようになれば、鉄不足が解消されるどころか潤沢に供給できるようになる見込みである。

資源も集まってきたし、辺境国も本稼働といっていい状態になってきた。貨幣の導入、官僚制度の導入……国としての体裁が整うまでに今しばらくの時間が必要だが、これも何とかなりそうだ。

俺がゆっくりできる日もそう遠く……ない。ないって誰か言って。

あとがき

『追放された転生公爵は、辺境でのんびりと畑を耕したかった』四巻を手に取っていただきありがとうございます。

本巻で初めてヨシュアたちは他国の地を訪れることになりました。異国情緒感を意識し書かせていただきましたが、いかがでしたでしょうか？

いよいよ冒頭で描かれた神託の意味が判明していきます。是非是非、引き続きお楽しみいただければ幸いです。

話は変わりますが、『追放された転生公爵』のコミカライズ版が発売されました！

コミカライズ版は佐藤夕子（さとうゆうこ）様、発売は角川コミックス・エース様からとなります。

まだの方は試し読み、店頭にてチェックしてみてください。ヨシュアたちが生き生きと動いております。

そして、小説版では挿絵になっていないガルーガをはじめとしたキャラクターたちも必見です。

最後に、本作を手に取りお読みいただいた読者さま。

この場を借りてお礼申し上げます。

カドカワBOOKS

追放された転生公爵は、辺境でのんびりと畑を耕したかった 4
～来るなというのに領民が沢山来るから内政無双をすることに～

2021年10月10日　初版発行
2021年12月25日　再版発行

著者／うみ

発行者／青柳昌行

発行／株式会社KADOKAWA

〒102-8177
東京都千代田区富士見2-13-3
電話／0570-002-301（ナビダイヤル）

編集／カドカワBOOKS編集部

印刷所／暁印刷

製本所／本間製本

※定価（または価格）はカバーに表示してあります。

●お問い合わせ
https://www.kadokawa.co.jp/（「お問い合わせ」へお進みください）
※内容によっては、お答えできない場合があります。
※サポートは日本国内のみとさせていただきます。
※Japanese text only

Printed in Japan
ISBN 978-4-04-074259-5 C0093